Biografie eines Kubaners

Für Francisco

Wir lieben dich
Christina und Ursula

URSULA
TOCZEK-FUENTES ZAYAS

Biografie eines Kubaners

Bibliografische Information der Deutschen Nationalbibliothek:
Die Deutsche Nationalbibliothek verzeichnet diese Publikation
in der Deutschen Nationalbibliografie; detaillierte bibliografische
Daten sind im Internet über http://dnb.dnb.de abrufbar.

Satz, Umschlaggestaltung, Herstellung und Verlag:
BoD – Books on Demand

ISBN: 978-3-7528-5283-7

Francisco starb Ende November 2009. Am 31. Dezember 2009 träumte ich von ihm. Er war mir sehr nahe im Traum, ich schaute ihm in die Augen und fragte: »Du bist doch tot?« Er nickte und schaute mich ernst an. »Geht es dir besser?«, fragte ich weiter. »Ja«, sagte er, »ich kann endlich wieder lernen.«

Seitdem habe ich das Gefühl, er ist bei mir. Wenig später begann ich die Biografie zu schreiben, und zwar in »Ich«-Form. Ich glaube, er will das so. Ich soll über sein Leben schreiben. Das habe ich getan, immer mit viel Unterbrechungen, ich bin kein professioneller Schriftsteller und ich musste mich erst zurechtfinden. Oft hatte ich allerdings das Gefühl, er würde hinter mir stehen und mir seine Gedanken eingeben. Im Jahr 2014 besuchte ich ein Medium, es war das erste Mal, dass ich so was machte. Es war sehr eindrucksvoll und ich bin mir sicher, dass er durch sie sprach. Er sagte, dass alles, was ich geschrieben hatte, richtig sei. Das hat mich bestärkt, weiterzumachen.

Frankfurt, den 12. März 2018

Francisco und ich, Havanna 1983

Unsere Tochter Christina mit 2 Jahren

Ich heiße Francisco Fuentes Zayas

Ich heiße Francisco Fuentes Zayas und ich wurde am 29.1.1951 in Kuba in der Provinz Villa Clara in einem kleinen Ort namens Rancho Veloz geboren. Ich habe diese Welt in der Nacht zum 21. November 2009 verlassen. Der 20. November war ein trüber, kalter, grauer Tag gewesen und ich fühlte, wie der letzte Funke Leben, der noch in mir war, sich schnell verflüchtigte. Alle Dinge, die mir einmal lebenswert erschienen waren, existierten nicht mehr. Mein Kopf fühlte sich an wie ein riesiges schwarzes Loch und mein Körper wie eine ausgetrocknete Schale, die kurz vor dem Zerbersten stand. Es machte mir nichts aus, den letzten Schritt zu tun, alles Leben schien so weit weg zu sein, alle Menschen, die ich einmal geliebt hatte, zogen wie graue Schatten, wie Traumgestalten an mir vorbei, nichts konnte mich mehr halten. Ich war bereit den letzten Schritt zu gehen, kaum spürte ich den Strick um meinen Hals und wie er sich zuzog, es erschien mir wie eine Erlösung, von dieser so feindseligen Welt Abschied zu nehmen. Dann wurde es dunkel, oh mein Gott, so dunkel und einen Moment lang geriet ich in Panik, doch es war zu spät und ich ließ mich fallen in die Finsternis, in das Unausweichliche, das Ende, das jetzt kommen würde und nach dem ich mich gesehnt hatte, endlich Ruhe und Frieden zu finden, nichts mehr fühlen, nicht mehr leiden, auf ewig schlafen und niemals mehr aufwachen. So dachte ich, und ich ließ mich fallen, aber irgendetwas Unbegreifliches passierte mit mir, und plötzlich sah ich mich neben meinem Körper stehen, der

da an einem Strick baumelte und der nicht mehr zu mir zu
gehören schien, der mir wie eine leere verbrauchte Hülle
erschien, die ich abgelegt hatte, so wie ein Schmetterling,
der aus seinem Behältnis, seiner Puppe schlüpft, wenn die
Zeit dazu reif ist. Alles war auf einmal so friedlich und so
leicht und voller Licht. Dann sah ich meine Mutter, die
ich so schmerzlich vermisst hatte, und sie nahm mich in
den Arm und alles war gut. Viele Menschen, die schon
lange vor mir hinüber in die andere Welt gegangen wa-
ren, begrüßten mich und nahmen mich auf in ihre Mitte.
Da wusste ich, dass ich tot war und doch weiterlebte, alle
Qualen, physische und psychische, waren verschwunden,
alle Ängste, die mein Denken in den letzten Jahren verne-
belt hatten, lösten sich nun in Sekundenschnelle auf und
ließen mich alles in einer unglaublichen Klarheit sehen,
es war, als hätte man einem Blinden das Sehvermögen
wieder geschenkt. In dieser Welt bin ich nun und ich habe
keine Sehnsucht nach der, die ich verlassen habe, aber ich
habe viele Erinnerungen an mein Leben und ich möchte
euch davon erzählen ...

In meinen allerfrühesten Erinnerungen sehe ich mich in einem großen schönen Haus, ich bin ganz klein, vielleicht fünf Jahre alt, es ist das Haus meiner Großmutter Candelaria, genannt Candita. Meine Großmutter ist sehr streng, sie geht ganz aufrecht und hat ihre weißen Haare, die noch sehr üppig sind, straff zurückgekämmt und hält sie mit etlichen Klammern und einem Haarreifen in Form. Ihre Gesichtszüge sind sehr fein, sie ist Mulattin, aber man könnte sie ebenso gut für eine Spanierin oder Portugiesin halten. Ich sehe sie selten lachen und ich fürchte mich vor ihr. Mein Großvater lebt nicht mehr, er hatte Diabetes und starb an den Folgen der Krankheit. Großmutter musste fünf Töchter und einen Sohn allein großziehen. Vielleicht ist sie deshalb so streng. Alle Mädchen, Lucia, Avilia, Alicia, Maria-Cristina, die meine Mutter ist, und Elena, die Jüngste und Schönste, dürfen auf die höhere Schule gehen und studieren. Der einzige Mann in der Familie ist Onkel Gilberto, der ein sanftes und verträgliches Wesen hat, aber nie viel von sich preisgibt. Er ist verheiratet und hat eine Tochter, Elisabeta, die bereits zehn Jahre alt ist, als ich auf die Welt komme. Sie ist sehr lieb und spielt manchmal mit mir. Maria-Cristina, meine Mutter, hat sich mit meiner Großmutter gestritten, als sie meinen Vater heiraten wollte. Mein Vater ist »nur Taxifahrer«, meiner Großmutter war das nicht gut genug, sie wollte mindestens einen Rechtsanwalt oder Arzt als Schwiegersohn, aber meine Mutter hat sich durchgesetzt, sie hat einen starken Willen und hat ihren Elizardo geheiratet. Sie arbeiten beide, meine

Mutter ist Lehrerin, und weil beide den ganzen Tag beschäftigt sind, wohne ich im Haus meiner Großmutter in Matanzas, das weit von Sierra Morena, so heißt das Dorf meiner Eltern, entfernt ist. Ich sehe meine Eltern selten, bei meinem Vater ist das nicht schlimm, er ist streng wie Großmutter und ich habe Angst vor ihm, aber bei meiner Mutter ist das furchtbar, ich liebe sie abgöttisch und ich vermisse sie unglaublich.

Tante Alicia ist Lehrerin wie meine Mutter, aber sie sagt, sie ist Revolutionärin. Sie will, dass Präsident Batista, der Kuba regiert, verschwindet, und mit ihm das Elend und die Korruption, die überall im Land herrschen. Viele Menschen sind ermordet worden, nur weil sie gegen die Regierung waren. Es gibt einen jungen Rechtsanwalt, sein Name ist Fidel Castro und meine Tante verehrt ihn über alle Maßen. Dieser Fidel hat versucht die Regierung zu stürzen. Zusammen mit einer Gruppe Männer hat er die größte Kaserne des Landes in Santiago angegriffen, sie wollten sie unter ihre Kontrolle bringen. Der Aufstand ist schiefgegangen. Die meisten Rebellen sind jetzt tot oder sitzen im Gefängnis. Fidel hat Glück gehabt, sagt Tante Alicia, Präsident Batista hat ihn nach kurzer Zeit im Gefängnis begnadigt. Fidel kommt aus einer reichen Familie, unser Präsident hat nicht gewagt, ihm etwas anzutun. Jetzt ist Fidel in Mexico. Er plant dort den Sturz Batistas, sagt Tante Alicia.

Tante Lucia ist Klavierlehrerin. Sie trägt eine große Sonnenbrille wie die amerikanischen Filmstars, die ich in den Zeitungen gesehen habe. Sie trägt auch so schöne Kleider. Sie duftet nach einem süßen Parfüm und sie ist so lieb, dass ich mich immerfort an sie kuscheln möchte. Sie ist so warm und weich und drückt mich an ihren Busen, wenn ich Kummer habe. Dort vergesse ich alle bösen Gedanken, es riecht nach ihrer Haut und ihrem Parfüm, und auch ein bisschen nach dem Geruch ihrer Achselhöhlen. Am liebsten würde ich in sie hineinkriechen und mich verstecken. Wenn ich die Augen schließe, denke ich an meine Mutter, die ich so sehr vermisse, dass ich manchmal weinen muss. Ich darf aber nicht weinen. Tante Lucia streichelt mir über den Kopf und singt Lieder für mich, und sie hat Bonbons für mich in der Tasche.

Tante Avilia ist sehr schön. Sie spielt wundervoll Klavier und komponiert eigene Stücke. Ich bin in sie verliebt. »Warum nur macht sie keine Karriere als Pianistin?«, sagt Großmutter, »sie könnte ein bisschen Geld verdienen, wir könnten es gebrauchen!«, aber Avilia denkt nicht daran, sie lebt in ihrer eigenen Welt, sagt Großmutter, sie ist nicht geschäftstüchtig und trauert irgendeiner Liebe hinterher.

Tante Elena ist noch ganz jung, aber sie ist schon jetzt wunderschön. Ihre Haut ist ganz hell, viel heller als die von Tante Alicia oder die meiner Mutter, sie ist fast weiß und ihre Nase schmal und klein. Ihre dunklen Augen sind von einem Kranz langer Wimpern umhüllt. Wenn sie lacht, und das tut sie sehr oft, zeigt sie ihre hübschen weißen Zähne. Sie ist nicht wie Avilia, sie ist temperamentvoll, und die Männer umschwirren sie und fühlen sich magisch von ihr angezogen. Großmutter ist das gar nicht recht, sie sagt, dass Elena noch ein Kind ist und nicht mit all diesen Männern lachen sollte. Sie ist der Liebling von Großmutter, sie liebt sie abgöttisch.

Der Einzige in der Familie, der nicht studiert hat, ist Onkel Gilberto, ich glaube, er ist nicht so schlau. Unsere Familie hat ein Schuhgeschäft in Matanzas und Onkel Gilberto arbeitet dort. Er sagt, er ist zufrieden damit und er kann sich nicht vorstellen, über Papieren zu sitzen und zu studieren. Seine Schuhe sind ihm tausendmal lieber.

Alle sind so lieb zu mir, nur Großmutter macht mir Angst. Manchmal kann ich abends nicht einschlafen, weil mir meine Mutter fehlt. Ich weine ganz leise, weil Großmutter sagt, dass nur Mädchen weinen.

Ich schaue zurück in meiner Erinnerung, jede kleine Einzelheit sehe ich vor mir. Alles erscheint klar und deutlich vor meinen Augen, es ist, als ob ich einen Film im Kino sehen würde. Ich sehe mich im Haus in Matanzas mit meiner Tante Avilia, ich sitze in einem Sessel und sie spielt mir ihre neuesten Kompositionen auf dem Klavier vor. Ich höre ihr gerne zu und ich sehe sie gerne an, wenn sie ihre Augen schließt und ihre schmalen Hände über die Tasten gleiten lässt. Ich sehe Tante Lucia an meinem Bett sitzen, sie streichelt mich und sie singt mir ein Schlaflied vor, und sie sagt mir, dass sie so lange an meinem Bett sitzen bleibt, bis ich wieder eingeschlafen bin. Ich vermisse meine Mutter. Manchmal kommt sie für ein paar Tage, aber wenn sie wieder geht, bin ich so traurig und vermisse sie noch mehr.

Ein paar Jahre sind vergangen, endlich bin ich wieder bei meiner Mutter. Ich bin jetzt acht Jahre alt. Meine Mutter hat inzwischen noch ein Baby bekommen, ich habe einen kleinen Bruder. Er heißt Alexis, eigentlich heißt er Pablo Alexis, aber alle nennen ihn Alexis. Zuerst war er winzig und ich konnte nicht viel mit ihm anfangen, aber nun ist er fast drei Jahre alt und ich kann mit ihm spielen. Er sieht mir ähnlich und er liebt mich sehr, überall läuft er mir nach und ruft mit seiner krähenden Stimme nach mir. Ich wohne wieder im Haus meiner Eltern in Sierra Morena. Mein Vater ist so streng, ich habe Angst vor ihm, einmal verlor ich ein wenig Geld, das er mir gegeben hatte, um etwas zu trinken zu kaufen, und er wurde sehr wütend und schlug mich mit seinem Gürtel. Danach musste ich mit dem Gesicht zur Wand in der Ecke des Zimmers knien und durfte kein Wort sagen. Ich weinte und meine Mutter wollte mich trösten, aber mein Vater verbot es ihr. Wie sehr ich ihn in diesem Moment gehasst habe ...

Wenn wir ans Meer fahren, haben wir alle viel Spaß. Selbst mein Vater lacht dann viel. Meine Mutter sieht schön aus in ihrem Kleid und den roten Schuhen. Mein Vater hat seine krausen Haare geglättet und trägt sein schönstes besticktes Hemd. Er hat es in Havanna gekauft und er mag es sehr, weil er so vornehm darin aussieht. Meine Mutter packt Sachen zum Essen in den Korb, Huhn und Reis mit schwarzen Bohnen, Salat und Obst und Bier für meinen Vater. Wir fahren an den Häusern der Nachbarn vorbei, die uns zuwinken und uns einen schönen Tag wünschen. Mein Vater fährt gut Auto, er ist ja Taxifahrer, und ich liebe es, aus dem Fenster zu schauen und all die Häuser und Menschen zu beobachten, die nur so vorbeizufliegen scheinen. Während der Fahrt entstehen Geschichten in meinem Kopf, die ich in mein Heft schreibe, das ich mitgenommen habe. Leider raucht mein Vater, ich mag den Qualm gar nicht, der durch das Auto zieht. Meine Mutter schimpft manchmal deswegen mit ihm. Wenn ich groß bin, werde ich niemals Zigaretten anrühren!

Am Strand setzen wir uns in den Schatten der »uvas caletas«-Bäume, Vater sagt, wir sollen dort bleiben, weil uns sonst die Sonne schwarz brennt und wir dann aussehen wie die Bauern. Meinem Bruder und mir ist das egal, wir gehen an den Rand des Meeres und buddeln im Sand tiefe Gänge und lassen sie mit Meerwasser volllaufen. Wir sind in einer kleinen Bucht, wo es nicht so viele Wellen gibt und wir durch das Wasser waten und Muscheln und Krebse suchen können. Meine Mutter und mein Vater gehen mit ihren Füßen ins Wasser, aber sie passen auf, dass ihre Kleider nicht nass werden. Später essen wir am Strand, es schmeckt gut, viel besser als zu Hause. Dann müssen wir Mittagsschlaf halten, eigentlich bin ich gar nicht müde, ich will zurück ins Wasser. Trotzdem schlafe ich gleich ein, genau wie mein kleiner Bruder. Als ich aufwache, brennt die Sonne nicht mehr so heiß. Wir bleiben am Strand, bis die Sonne untergeht, dann kommen die Moskitos, die beißen uns. Ich bin traurig, weil wir wieder abfahren, aber meine Mutter sagt, wir kommen bald wieder. Meine Eltern sehen glücklich aus, mein Vater summt zufrieden vor sich hin und raucht eine letzte Zigarette. Als ich zu Hause im Bett liege, höre ich meine Eltern flüstern und das Bett quietschen.

Ich schließe die Augen und sehe die Jahre an mir vorbeiziehen, ich bin im Haus meiner Eltern in Sierra Morena, meine Mutter arbeitet wieder und mein Vater fährt immer noch Taxi und raucht immer noch seine stinkenden Zigaretten und Zigarren, manchmal schlägt er mich, weil ich etwas falsch mache oder etwas verliere. Meine Mutter ist immer noch der liebste Mensch der Welt und ich helfe ihr beim Kochen und Einkaufen. Mein Bruder und ich sind richtig groß geworden. Mutter sagt, ich werde bald ein junger Mann sein. Ich habe einen schönen Anzug mit einer Krawatte bekommen und bin sehr stolz darauf. Keiner in Sierra Morena hat so einen schönen Anzug.

Ein paar Male waren wir in den letzten Jahren noch am Strand, aber jetzt habe ich keine Lust mehr auf Strandspiele. Mit fünfzehn bin ich nicht mehr der kleine Junge, der Muscheln und Krebse am Strand sucht. »Du wächst deinem Vater über den Kopf«, sagt meine Mutter, »du bist größer und stärker als er.« Jetzt wird er es nicht mehr wagen, mich zu schlagen.

Alexis ist zehn geworden. Er und ich halten zusammen wie Pech und Schwefel. Mein *Brüderchen* liebt die Musik und er hat eine wunderschöne Stimme. Er will Musiker werden. Vater will, dass wir beide Elektrotechnik studieren und er schimpft mit uns, »ihr habt nur Flausen im Kopf, der eine will Schriftsteller werden und der andere Musiker, von was wollt ihr leben?« Ich sage nichts, aber ich weiß, ich will Schriftsteller werden, ich habe schon sämtliche große Meister, die ich in unserer Schulbibliothek finden konnte, gelesen und ich möchte auch so wundervolle Sachen schreiben. Ich habe kein Interesse an einem Studium der Elektrotechnik. Wir lassen meinen Vater einfach reden, wir werden das machen, was wir wollen. Das Gute ist, er will uns nach Havanna schicken, wir werden dort in einem Schulheim wohnen, die Regierung hat das gebaut für Kinder und Jugendliche vom Land, die auf die höhere Schule gehen wollen. Wenn wir erst in Havanna sind, haben wir freie Bahn, mein Vater kann uns nicht mehr kontrollieren, wir können dann machen, was wir wollen. Natürlich ist es traurig, unsere Mutter zu verlassen, aber Havanna wird spannend werden, es ist eine richtig große Stadt und es sollen sogar Ausländer dort sein. Es gibt Maler und Schriftsteller und Musiker und Tänzer und alles, was das Herz begehrt.

Ach, übrigens, ich habe vergessen zu erwähnen, dass unser korrupter Präsident Batista vor sieben Jahren Kuba verlassen hat, meine Güte, Hals über Kopf ist er geflohen, sonst wäre er an der nächsten Mauer erschossen worden. Das hat er geahnt. Haufenweise Geld hat er mitgenommen und hat sich nach Miami abgesetzt. Tante Alicias Lieblingsrechtsanwalt regiert jetzt das Land. Er ist aus Mexiko zurückgekommen, zusammen mit einer Gruppe von Männern, alles Revolutionäre, sagt meine Tante, und sie ist stolz auf die Männer, die uns befreit haben. Ich weiß nicht, warum sie so stolz ist, seit ihr Lieblingsrechtsanwalt da ist, gibt es in den Geschäften fast nichts mehr zu kaufen. Ich sag ihr das besser nicht, sie wird immer böse, wenn man ihre Revolution angreift, sie ist da ziemlich verbissen, sie verträgt keine Kritik, die Anfangsschwierigkeiten werden schon verschwinden, sagt sie, aber das stimmt nicht, seit sieben Jahren verbessert sich gar nichts, es wird höchstens noch schlechter.

Also, Fidel kam zurück, sein Bruder war auch dabei und natürlich der »Che«, jedes Kind kennt mittlerweile den »Che«. Eigentlich heißt er ja Ernesto Guevara, aber alle nennen ihn nur den »Che«. Der »Che« ist große Klasse, er teilt alles mit den anderen und hilft überall, wo er kann, er ist toll, auch wenn er eigentlich gar kein richtiger Kubaner ist, er ist nämlich Argentinier, er kommt von weit her. Er hat Fidel in Mexiko getroffen und dann haben sie die Revolution geplant, zusammen mit einer ganzen Menge Revolutionäre. Sie sind mit einem Schiff gekommen, Tante Alicia sagt, es wäre ein klappriger alter Kahn gewesen und fast wären sie untergegangen. Ich muss ein bisschen lachen, aber ich lass mir vor meiner Tante nichts anmerken, wie dumm, denke ich, kann man sein, auf so einen alten klapprigen Kahn zu steigen, ich hätte das nicht gemacht, es gibt doch so schöne neue Schiffe. Und seekrank sind sie auch geworden und als sie in Kuba ankamen, waren da eine ganze Menge Soldaten, die haben sie erwartet und haben die meisten der Männer erschossen. Fidel hat überlebt, sein Bruder und der »Che« auch und noch einige andere, sie sind dann in die Berge geflohen und die Bauern haben sie versteckt. Die Soldaten konnten sie nicht finden, und danach sind immer mehr Männer zu den Rebellen gegangen und haben mitgekämpft, bis sie schließlich so stark wurden, dass sie die Soldaten vertreiben konnten. Zuerst haben die Rebellen Villa Clara erobert und dann sind sie nach Havanna gekommen. Die Menschen haben ihnen auf den Straßen zugejubelt. Aber nach ein paar Jahren sind die Leute unzufrieden geworden, es gibt nämlich so wenig Sachen zu kaufen, die Frauen haben keine schönen Kleider mehr, und Schminke gibt's schon gar nicht, sagt Tante Lucia, die sich immer gern anmalt und parfümiert. Fleisch gibt's nur noch ganz selten, auch kein Obst und Gemüse und das Benzin ist rationiert. Meist essen wir Reis mit schwarzen Bohnen, morgens, mittags und abends. Mein Vater schimpft, er sagt, das hätte er schon vorausgesehen. Er mag die neue Regierung nicht, am Anfang hat er sich über die langen Bärte der Revolutionäre aufgeregt, aber mittlerweile, sagt er, sind die meisten ja glattrasiert. Der »Che« nicht, er hat seinen Bart noch immer, er war ein paar Jahre als Minister im Ausland unterwegs und selbst dort hat er seine Rebellenuniform nicht abgelegt, wir haben Fotos in der Zeitung gesehen, der »Che« mit einer großen Zigarre im Mund, er lacht immer und er ist einfach großartig. Jetzt ist er nach Bolivien gegangen, um dort die Menschen von ihrem Elend zu befreien. Wir sind traurig, dass er nicht mehr in Kuba ist, aber der »Che« muss den Kampf überall hinbringen, sagt Fidel.

Batista lebt mit seiner Familie in Miami. Alle Reichen sind mit ihrem Geld geflohen. Die amerikanischen Firmen hat Fidel enteignen lassen, und die Bordelle, in denen die Amerikaner für ein paar Dollars ihren Spaß hatten, sind geschlossen worden. Jedes Jahr, am 26. Juli, am Tag der Revolution, hält Fidel auf dem Platz der Revolution seine Reden und manchmal dauern die viele Stunden lang, viel zu lang, finde ich. Er schimpft dann auf die Amerikaner und fuchtelt mit seinen Armen herum, als müsste er gegen die Yankees kämpfen. Manchmal rollt er auch wild mit seinen Augen oder er droht einem unsichtbaren Feind mit seinen Fäusten. Im Geheimen muss ich über ihn lachen, was für ein guter Schauspieler er doch ist, denke ich. Mein Vater ärgert sich, unter der alten Regierung wäre er fast Bürgermeister geworden. Mit Fidel hat er keine Chance. Viele Kritiker sind im Gefängnis gelandet oder gleich erschossen worden. Mein Vater ist empört, er sagt, dass Fidel schlimmer ist als Batista. Die Russen sind jetzt unsere Brüder. Von dort bekommen wir Wirtschaftshilfe. Trotzdem fehlen viele Dinge in den Geschäften, wir sind ständig auf der Suche nach Zahnpasta, Seife, Shampoo und nach allem Möglichen, ich kann das gar nicht alles aufzählen. Auf dem Schwarzmarkt bekommt man fast alles, aber man braucht Dollars. Die Leute sagen, die »Revolutionäre« in Havanna leben besser als wir.

Che Guevara wird im ganzen Land verehrt, er ist unser Held. Überall hängen riesige Bilder von ihm und von Fidel. Fidel hat sie aufhängen lassen, der »Che« hätte das nicht gewollt, er war nicht so. Alle Kubaner liebten ihn. Die Leute sagen, er und Fidel haben sich gestritten, deshalb musste er gehen, das wäre der wahre Grund gewesen, warum er nach Bolivien gegangen ist. Fidel duldet keinen neben sich, der eine andere Meinung hat. Es gab noch einen Rebellen, der mit ihm in der Sierra Maestra gekämpft hat und den die Leute mindestens so geliebt haben wie den »Che«, Camillo Cienfuegos hieß er. Die Frauen liebten ihn, weil er so schön war und auch so schön reden konnte. Camillo wollte nicht dasselbe wie Fidel, er wollte nicht mit den Russen zusammenarbeiten, er wollte einfach nur ein freies Kuba ohne Batista. Er hat sich mit Fidel gestritten, aber das sollte man besser nicht tun, denn plötzlich ist das kleine Flugzeug, mit dem er unterwegs war, abgestürzt. Man hat nie irgendwelche Trümmerteile oder Leichen gefunden. Das Flugzeug war in Ordnung und das Wetter war toll. Warum ist es dann abgestürzt? Die Leute sagen, Fidel hat Camillo umbringen lassen, und ich glaube das auch. Man muss sich vor Fidel in Acht nehmen. Natürlich will Tante Alicia das nicht glauben, sie sagt, Fidel würde das niemals tun. Die Revolution hat großartige Dinge vollbracht, sagt sie, und ohne die Revolution würden wir im Elend leben. Dass ich nicht lache, Tante Alicia, denke ich, früher haben wir besser gelebt. Großmutter sagt das auch immer. Früher war das Leben einfach besser, es gab Zahnpasta und Seife und Tante Lucia duftete immer nach Parfüm. Meine Mutter konnte sich neue Schuhe kaufen und mein Vater hatte Pomade für sein Haar und konnte Ersatzteile für sein Auto kaufen. Und schau mal, Tante Alicia, wie unser Haus aussieht, wir haben keine Farbe, um es zu streichen, und das Klosett funktioniert seit Langem nicht mehr, weil es keine Ersatzteile für die Spülung gibt, wir müssen immer mit dem Eimer nachspülen. Und Schreibhefte und Bleistifte fehlen, wie soll ich denn dann meine Geschichten bitte aufschreiben?

Und bitte, es ist vier Jahre her, ich war gerade mal elf, da war ganz Kuba vor Angst wie verrückt. Die Amerikaner wollten eine Atombombe auf unsere Insel werfen, weil die Russen ihre Atomraketen in Kuba stationiert hatten. Die Erwachsenen regten sich die ganze Zeit auf und dachten schon, das Ende kommt jetzt. Wir Kinder spielten weiter wie immer, was hätten wir denn auch tun können, und trotzdem war uns ganz schön mulmig zumute. Was wäre, wenn die Bombe fallen würde? Wir machten ein Spiel daraus und suchten uns Verstecke für den Fall, dass es ernst werden würde, wir hatten natürlich keine Ahnung, dass die Verstecke uns nichts genutzt hätten. Ein kurzer Blitz und »patsch« hätte es uns alle erwischt. Aber dann, in letzter Sekunde, vertrugen sich die Amerikaner und die Russen wieder. Präsident Kennedy und Präsident Chruschtschow, ich werde euch auf ewig dankbar sein, dass mein Leben damals noch nicht zu Ende war, das habt ihr wirklich gut gemacht! Fast wären wir alle draufgegangen. Einfach so. Fidel war sauer, dass sie alles ohne ihn gemacht haben. Das war uns aber egal. Unser Leben war uns immer noch am liebsten. Endlich entspannten wir uns wieder und das normale Leben mit seinem normalen Irrsinn ging weiter wie gehabt. Die Verstecke haben wir behalten und manchmal haben wir dort noch Krieg gespielt, aber es war nicht so ernst, wie es vorher gewesen war, und da waren wir verdammt froh darüber. Aber so richtig kapiert habe ich erst später, wie haarscharf wir an der Katastrophe vorbei sind.

Hier, wo ich jetzt bin, ist es friedlich, meine Güte, so friedlich, niemals in meinem ganzen Erdenleben war es so friedlich. Ich habe euch gerade von dem Jahr erzählt, in dem fast die Atombombe gefallen wäre, da war von Frieden nicht das Geringste zu spüren. Nur von Kämpfen war die Rede, wenn Fidel auf dem Platz der Revolution ins Mikrofon brüllte, ich war das so satt. Ich wollte niemals kämpfen, ich wollte nur in Ruhe meine Geschichten schreiben. Aber der alltägliche Kampf ging weiter, mein Vater wagte es zwar nicht mehr, mich zu schlagen, dafür war das Leben gespickt mit allen möglichen Schwierigkeiten. Wieder und wieder gab es keine Lebensmittel oder wir standen stundenlang in der Schlange an, um irgendetwas zu ergattern, das es monatelang nicht gegeben hatte. Irgendwo standen wir immer und warteten, war es auf den Bus, der mal wieder Stunden verspätet war, oder in der Schlange vor dem Lebensmittelgeschäft. Ich ging noch zur Schule und ich versuchte irgendwie meine Geschichten zu schreiben, falls ich Papier und Bleistifte hatte, zwei Sachen, die immer noch sehr knapp waren. Ich träumte von Havanna, der großen Stadt, in der ich meinen Roman schreiben würde. Langsam begann ich mich für Mädchen zu interessieren, aber ich war schüchtern und wagte es nicht, sie anzusprechen. Langsam wurde ich mir auch meiner Hautfarbe bewusst, als Kind war mir das niemals aufgefallen, ich hörte nur meinen Vater immer sagen, dass die weiße Hautfarbe die bessere sei. Ich hatte eine milchkaffeebraune Haut und wenn ich in den Spiegel schaute, sah ich einen hübschen Jugendlichen mit einer schmalen Nase, braunen Augen und muskulösen Oberarmen. Eigentlich hätte ich keine Komplexe haben müssen, aber ich dachte, meine Haut sei nicht weiß genug, und meine Haare

ärgerten mich, sie waren so kraus, richtiges Neger-
haar, ich wollte lieber glattes Haar, wie ich es bei den
Filmstars im Kino sah.

*Und wieder sehe ich die Zeit vorbeifliegen, etwas sehr
Trauriges ist passiert ...,* ich bin sechzehn und es
ist 1967 und ich kann es überhaupt nicht begreifen.
Meine wunderschöne Tante Elena ist tot. Elena, sie
war kaum älter als ich, nur ein paar Jahre trennten
uns, Elena, die immer lachte und für die alles so leicht
war und die der Liebling meiner Großmutter war. Sie
ist tot, einfach so, keiner will mir richtig erklären,
warum sie gestorben ist, ich fasse es nicht, was ist
nur passiert? Meine Eltern haben ein Telegramm
bekommen. Wir fahren nach Matanzas, die ganze
Familie ist versammelt. Alle weinen, die Frauen mehr
als die Männer. Meine Großmutter ist wie versteinert.
Ich hab sie niemals so gesehen. Ich frage, wie es passiert ist, und sie sprechen von einem Unfall in einem
»Gua Gua«, einem der alten Autobusse, die durch
Matanzas fahren und dabei viel zu schnell fahren.
Aber ich sehe, sie wollen nichts erzählen, ich spüre,
sie sagen nicht die Wahrheit. Sie schicken mich raus,
ich lausche an der Tür, sie sprechen von Mord, sie
sagen, der »novio«, der Verlobte, hat sie umgebracht,
er war eifersüchtig, er hat sie mit einem anderen
Mann gesehen. Meine »abuelita«, meine Großmutter
Candelaria, ist in sich zusammengesunken, sie weint
nicht, aber sie schaut so, wie sie noch nie geschaut
hat. Sie macht mir Angst. Ich versuch sie zu trösten,

aber keiner kann sie trösten. Elena ist tot, selbst im Sarg sieht sie noch schön aus, ein bisschen zu weiß, aber so wunderschön, dass ich meine, sie wird gleich aufstehen und so liebreizend lächeln, wie sie es immer tat. Aber die Friedhofsdiener schließen den Sarg und lassen ihn in das Loch hinunter, das sie gebuddelt haben, und die Familie und ganz Matanzas wirft Blumen auf den Sarg und alle weinen und sind untröstlich, nur Großmutter steht daneben und verzieht keine Miene. Sie macht mir Angst.

Jenes Jahr ist kein gutes Jahr gewesen, denke ich bei mir. Elena stirbt, sie war so jung und schön, und nur ein paar Monate später stirbt auch unser Held, der »Che«. Sie haben ihn in den Bergen Boliviens erschossen. Wie ein Tier haben sie ihn gejagt, ohne Erbarmen waren sie. Am Schluss ist er ihnen in die Falle gegangen und dann haben sie ihn ganz einfach erschossen, ohne ihm irgendeinen Prozess zu machen, ohne ihm die kleinste Chance zu lassen. Es war jemand vom bolivianischen Militär, der ihn erschossen hat, aber der CIA hat dahinter gesteckt, sie waren die ganze Zeit hinter ihm her und wollten ihn töten. Ich weine, als ich es höre. Der »Che« war einer von den wenigen Guten, nicht wie diese Säcke, die jetzt Kuba regieren. Die wollen längst keine Revolution mehr, die wollen die Macht und die haben sie auch. Längst haben sie sich ihre eigene Welt geschaffen, feine Häuser in Miramar am Meer, Dienstautos und die neuesten Fernseher und Radios und feine Markenklamotten. Fidel kann es nur recht sein, dass der »Che« jetzt tot ist, ein toter Held ist besser als einer, der einem in den Kram reinreden will. Fidel hält eine bewegende Trauerrede in Havanna und fast möchte man ihm glauben, wenn er seine Hand aufs Herz legt und sich eine Träne aus dem Auge wischt. Ich glaube ihm trotzdem nicht, er ist doch froh, dass er seinen einstigen Kampfgenossen los ist. Der »Che« war zu kritisch und zu unbequem und außerdem haben wir ihn alle geliebt, das will Fidel nicht.

Tante Alicia trauert auch, aber sie hat natürlich keine solchen verschwörerischen Gedanken, wie ich sie habe. Sie geht ganz in ihrer Revolution auf, sie ist Lehrerin und versucht, so ihren kämpferischen Beitrag zu leisten. Sie war auch bei der Alphabetisierung dabei, sie ist in die entlegensten Dörfer gegangen und hat dort den Bauern Lesen und Schreiben beigebracht. Immer wenn sie zurück nach Matanzas kam, war sie schwarzgebrannt von der Sonne und von den Moskitos zerstochen, sie saugten sie aus bis aufs Blut, keine Stelle an ihrem Körper, die nicht zerkratzt war. Auf dem Land hat sie einen Mann kennengelernt und ist gleich schwanger geworden. Großmutter hat getobt, sie hatte gehofft, dass wenigstens Alicia einen Studierten heiratet. Es war aber nur ein einfacher Arbeiter und nachdem das Baby geboren war, ist er nach Miami abgehauen. Man könnte meinen, sie hätte daraus gelernt, aber drei Jahre später war sie wieder schwanger von irgendeinem Typen, der hat sich auch nach Amerika abgesetzt. Ich habe jetzt zwei Kusinen, die ältere heißt Isabel und ist fünf und die kleinere heißt Amarilis, sie ist drei Jahre jünger als ihre Schwester. Tante Alicia ist jetzt mit niemandem mehr zusammen, die zwei blöden Kerle haben ihr gereicht. Geld schickt keiner von den beiden, Tante Alicia muss ihre kleine Familie selbst durchbringen. Sie macht das, sie ist eine Kämpferin, und wenn sie schon nicht für die Revolution in den Bergen kämpfen durfte, hat sie jetzt Gelegenheit, für ihre kleinen Mädchen zu kämpfen. Das Einzige, woran Tante Alicia noch glaubt, ist die Revolution, man darf gar nichts dagegen sagen oder irgendwas kritisieren, und ich hüte mich auch davor, sie würde über mich herfallen wie eine Tigerin. Als der »Che« noch lebte, kam er mal in die Schule, wo Alicia unterrichtete, das war, glaube ich, der schönste Tag in ihrem Leben, abgesehen vielleicht von der Geburt ihrer Töchter. Ich glaube, wenn er sie gefragt hätte, ob sie ihn heiraten würde, hätte sie das auf der Stelle getan, aber leider hat er nicht gefragt. Und schließlich war er ja auch schon verheiratet und die Frau hätte sicher was dagegen gehabt.

Tante Avilia, meine sensible Tante Avilia, in die ich ein bisschen verliebt war, ist allein geblieben, sie hat niemals geheiratet. Die Männer, die ich manchmal an ihrer Seite gesehen habe, verschwanden nach kurzer Zeit wieder. Tante Avilia lebt für ihre Musik, sie sitzt oft stundenlang am Klavier und komponiert ihre Musikstücke. Meist sind es traurige Lieder. Sie träumt davon, berühmt zu werden. Großmutter sagt, die Zeit läuft ihr weg und sie solle sich lieber einen Mann suchen. Aber Avilia hört nicht auf sie, schon lange hört sie nicht mehr auf Großmutter. Und sie sagt, sie brauche keinen Mann, der sie unglücklich macht. Dabei schauen ihre Augen meist in die Ferne, als ob sie dort etwas Bestimmtes suchen würde.

Onkel Gilberto ist seit einigen Jahren der Vorsitzende des CDR in Matanzas, des Komitees zur Verteidigung der Revolution. Er sagt, das macht ihm Spaß. Er, der zu Hause wenig spricht, liebt es anscheinend, im Komitee seine Reden zu halten. Ich glaube nicht, dass er an den ganzen Quatsch glaubt, den er da erzählt, aber im Komitee hört ihm wenigstens jemand zu. Bei Großmutter und meinen Tanten passiert das nie. Sie beachten Onkel Gilberto nicht viel, sie halten ihn für nicht so schlau. Ich mag ihn, er sitzt immer in einer Ecke des Hauses in Matanzas und sagt nicht viel, aber seine Blicke schweifen von Tante zu Tante und ich kann ihm ansehen, was er denkt. Er hält sie alle für eine Horde verrückter Hühner. Das hat er mir in einer stillen Stunde anvertraut. Er ließ mich an seiner Zigarre ziehen und gab mir ein kleines Schlückchen von seinem Rum, es schmeckte beides scheußlich, und dann offenbarte er mir, dass er dieses Frauenhaus einfach ein bisschen idiotisch fände. Die einzige Frau, auf die er stolz ist, ist seine Tochter Elisabeta, die Ärztin geworden ist. Sie arbeitet in einem Krankenhaus in Santiago de Cuba. Er sieht sie deshalb sehr selten.

Meine Mutter arbeitet immer noch als Lehrerin und sie liebt ihre Arbeit. Das Auto von meinem Vater wird klappriger und klappriger und ich weiß nicht, wie lang er seinen Job als Taxifahrer noch machen kann. Mein Bruder und ich überlegen die ganze Zeit, wie es in Havanna sein wird. Wir wollen unbedingt nach Havanna, Sierra Morena wird immer langweiliger und auch Matanzas langweilt uns mittlerweile. In Havanna ist das Leben und die Kunst und die Musik, da sind die großen Schriftsteller aus Kuba und der ganzen Welt und da ist das Tropicana, das so sensationell sein soll mit all seinen superhübschen Tänzerinnen und da ist nicht unser Vater, der uns ständig kontrolliert. Diese Kontrolle ist einfach nervend, alles will er bestimmen und kontrollieren. Nur unsere Mutter wird uns fehlen, sie ist noch immer der liebste Mensch auf Erden und sie wird uns auch vermissen, das weiß ich.

HAVANNA, welch schöne Erinnerungen ich an dich habe, du warst meine Stadt und das Leben, das ich wollte. Wir verließen Sierra Morena, mein Bruder und ich, wir ließen es hinter uns, es tat uns nicht leid fortzugehen, es war so langweilig dort geworden, es gab nichts, wirklich nichts, was uns noch interessiert hätte. Halt, ich sage nicht die Wahrheit, natürlich tat es uns weh, unsere Mutter zu verlassen. Ich schließe meine Augen und sehe Alexis und mich das Haus verlassen und wir weinen beide, als wir unsere Mutter umarmen, und auch sie weint. Ich bin neunzehn Jahre alt und mein Bruder ist gerade mal fünfzehn.

In Havanna fliegen die Jahre vorbei, alles ist so neu und aufregend. Ich sehe all die großen Straßen in Vedado vor mir, das Hotel Havanna Libre und den Malecón, an dessen Ufermauern sich die Wellen bei stürmischem Wetter brechen und wo bei gutem Wetter die Liebespaare sitzen und sich küssen und streicheln und wo sie planen die nächste Nacht zu verbringen. Ich höre ihre zärtlichen Worte, ay, papito, ay mamita, como te quiero mi amor, como te amo mi vida ... Ich sehe die Musikanten, die ihre neuesten Lieder üben und dabei den Rum und die Bierflaschen kreisen lassen, und ich sehe die älteren Männer, die über die neuesten politischen Dinge diskutieren, nicht so laut, sonst hört es Fidel, und ich spüre die laue warme Abendluft, die über dem Malecón und über der Stadt liegt, sie ist wie ein Sog, der mich mitzieht und mich nicht schlafen lässt hier in diesem riesigen Gewimmel. Ich sehe die Bodeguita, in die ich oft gehe, sie machen dort die besten Mojitos und außerdem kommen dort die hübschesten Ausländerinnen hin, die ich je gesehen habe, ich habe noch nicht so viele gesehen, ich liebe ihre blauen Augen und ihre blonden Haare, und ich schlendere mit ihnen durch Havanna Vieja und zeige ihnen die Kathedrale mit der Plaza und die kleinen Gassen, wo die Häuser am Zerfallen sind, weil es keine Baumaterialien zum Ausbessern der kaputten Wände oder Dächer gibt. Und ich zeige ihnen, wie zärtlich Kubaner sein können.

Ich schließe wieder meine Augen, ich bin jetzt vierundzwanzig Jahre alt. Die Zeit im Schulheim ist längst Vergangenheit, nur in den ersten zwei Jahren wohnten wir dort. Danach ist es uns gelungen ein Zimmer zu ergattern, Wohnungen sind hier Mangelware. Wir leben in einem winzigen Zimmer in der Calle 23 in Vedado. Es ist wirklich winzig, es gibt kaum Platz für unsere Betten und einen alten Schrank. Für unsere wenige Kleidung reicht es.

Es gibt noch einen kleinen Tisch und zwei wacklige Stühle. Meistens sieht es unglaublich chaotisch aus, das ist meine Schuld, ich habe einfach keine Lust, meine Sachen zu ordnen, in Sierra Morena hat das meine Mutter für mich gemacht, hier ist keiner, der das für mich erledigt. Mein Bruder regt sich über meine Unordnung auf, aber die Worte prallen an mir ab, ich habe andere Sachen zu tun, denke ich, was stört mich die Unterhose auf dem Boden oder die schmutzigen Socken? Das Studium der Elektrotechnik habe ich so lala gemeistert, es hat mich ja nie interessiert, ich habe eine Arbeit in Mariel, aber da gehe ich meistens nicht hin, und sie sind dort geduldig mit meinem Nichterscheinen. Mein Bruder ist gerade dabei, das Studium zu beenden, danach will er sich voll und ganz der Musik widmen. Vater ist weit weg und die Telefonverbindungen nach Sierra Morena sind katastrophal, manchmal schickt er uns ein Telegramm, auf das wir aber meistens nicht reagieren.

Niemand scheint zu schlafen in dieser wundervollen Stadt, alle sind unterwegs, Tag und Nacht. An jeder Ecke spielen sie ihre Musik und die Leute tanzen dazu, ich bin leider nicht so gut im Tanzen, mein Bruder tanzt wie ein junger Gott, er bewegt sich mit einer Grazie, auf die ich vollkommen neidisch werde, wenn ich ihn länger beobachte. Es gibt einen Kreis von jungen Schriftstellern, mit denen ich mich regelmäßig treffe, wir diskutieren über die neuesten Bücher, die erschienen sind und über die eigenen Sachen, die wir schreiben. Ich schreibe an einem Hörspiel, es geht um eine kubanische Familie und ihre Streitigkeiten und kleinen Intrigen, ich denke dabei an unsere Familie in Matanzas und an die Tanten Alicia, Avilia und Lucia, die manchmal wie die Hühner aufeinander hacken und sich dann wieder Honig um den Mund schmieren. »Ach, Avilia, wie gut du diese Komposition auf dem Klavier gemacht hast!«, sagt Tante Alicia, und sie denkt: »Diese dumme Ziege könnte endlich mal was Sinnvolles für die Revolution tun!« Und sie denkt auch: »Lucia bräuchte sich nicht die ganze Zeit anzumalen, sondern sollte besser das Haus sauber halten.« Dann verlässt die Revolutionärin Alicia das Haus und geht zur nächsten Versammlung des Komitees zur Verteidigung der Revolution. Und Onkel Gilberto schaut sich alles aus seiner Ecke an und trinkt ein Schlückchen Rum, den er auf dem Schwarzmarkt ergattert hat.

Als ich meine Wohnung in der Calle 23 verlasse, kommen mir ein paar Tänzerinnen entgegen. Ihre hübschen Gesichter sind voller Schminke und sie haben glitzernde Kostüme an, die man sonst nirgendwo in Kuba bekommen kann. Es ist Januar und die Sonne scheint jetzt mild von dem azurblauen Himmel hinunter. Ich bin auf dem Weg zum Havanna Libre, ich gehe dort öfters hin, weil es immer einige kanadische und mexikanische Touristen gibt, die mir helfen, Kleidung und diverse Sachen aus den Touristenshops zu beschaffen. Manchmal tauschen sie auch Geld, harte Dollars sind besser als kubanische Pesos. Ich darf mich dabei nicht erwischen lassen, ein paar Kumpels von mir sind deswegen schon im Knast gelandet. Geld tauschen ist verboten, einkaufen in den Touristenläden auch und streng genommen auch der Kontakt zu den Ausländern, aber kein Mensch beachtet das. Ich bin in der Szene als »Skylab« bekannt, ich bin schnell, ich mache meine Geschäfte meistens mit Jeans und Schuhen und T-Shirts, meine Landsleute reißen sie mir aus der Hand, ich düse mit Lichtgeschwindigkeit von einem zum anderen. Damit mache ich in einer Woche mehr Geld als in einem Monat mit meiner Arbeit als Elektrotechniker. Manchmal ist auch ein kleines Abenteuer mit einer blonden Kanadierin dabei, dann habe ich beides, Ware zum Verkaufen und eine Frau, die ganz verrückt nach meiner braunen Haut ist.

Mein Bruder versucht sich auch im Geschäft mit den Touristen, aber er ist nicht so gut wie ich und er hat nicht so viele Kontakte. Er ist schüchterner als ich, bei den Frauen habe ich mehr Erfolg, er schaut sie meistens nur von Weitem an. Mich interessieren die Ausländerinnen mehr als die Kubanerinnen. Meine Landsmänninnen interessieren sich mehr für die weißen Kubaner mit Auto und einem Haus in Miramar, sie wollen feine Klamotten und den neuesten Fernseher und Lippenstifte und Nagellacke. »He, Papito, ich brauche ein paar neue chancletas für mich und meine Schwester, und diese Jeans mit den Nieten drauf und diese Bluse mit den Rüschen, kauf sie mir doch bitte.« Die Ausländerinnen kaufen mir die Jeans in den Touristenläden und sie fragen mich nicht nach Lippenstiften und Kosmetika, sie lassen mir höchstens noch Geld da, wenn sie wieder wegfliegen, und sie versprechen mir zu schreiben und nächstes Jahr wiederzukommen. Und sie lieben meine braune Haut und können gar nicht genug von mir bekommen. Ich bin groß und stark und, ich glaube, besser (in jeder Hinsicht besser) als die blonden kalten Kanadier. Die Hotelzimmer im Havanna Libre, in denen wir unsere Nächte verbringen, sind groß und klimatisiert und die Betten bequem mit weißen Bettlaken und es gibt eine richtig gut funktionierende Dusche in einem feinen Badezimmer. Das Personal an der Rezeption im Havanna Libre kennt mich und lässt mich gegen ein paar Dollar Schmiergeld ungehindert passieren. He, es ist ein gutes Leben, was ich hier lebe.

Ich gehe mit den blonden Frauen ins Kino, zu Coppelia Eis essen und in die feinsten Restaurants der Stadt, ich fühle mich wie ein König. Bevor es mir langweilig wird, verschwinden sie wieder mit den Düsenjets in ihre kalten Länder, ein paar Tränen, die ich von ihren Gesichtern abwische, ein letztes »Adios« und Händchen halten am Flughafen, ein letztes »Ich werde dich vermissen« und schon bin ich wieder auf der Suche nach einem neuen Abenteuer. In meinem kleinen Zimmer liege ich auf meinem schmalen harten Bett und lasse meine Gedanken Revue passieren, versuche zu ergründen, ob ich mich vielleicht verliebt habe oder ob ich froh bin, dass »sie« wieder verschwunden ist und ob ich bei der nächsten mehr empfinden werde. Wie muss sie sein, denke ich, wenn ich mich wirklich verliebe, wie wird es sein, wenn ich meinen Kopf verliere, wie muss ihr Körper duften, wie wird sie aussehen ...?

Mutter hatte Brustkrebs. Die Ärzte haben es zum Glück früh genug erkannt. Sie ist jetzt wieder geheilt. Großmutter ist letztes Jahr gestorben. Sie ist niemals über den Tod von Tante Elena hinweggekommen, sie war danach nicht mehr dieselbe. Es hat ihr Herz zerbrochen. Eines Morgens, als sie nicht zum Morgenkaffee erschien, fanden Tante Alicia und Tante Lucia sie tot in ihrem Bett vor. Sie sah ganz friedlich aus, sie war einfach eingeschlafen und nicht mehr aufgewacht. Ein Lächeln lag auf ihren Lippen. Der Doktor sagte, ihr Herz sei stehengeblieben. Seltsam, als Kind machte sie mir so viel Angst, aber als ich sie da liegen sah, war es mir, als ob ein Teil von mir selbst gestorben sei.

Mein Hörspiel über eine kubanische Familie hat den ersten Preis gewonnen. Sie haben es im Radio ausgestrahlt. He, ich war so stolz auf mich. Die Gewinnprämie ist nicht hoch, ich verdiene mehr mit meinem Schwarzmarkthandel, aber dass ich den ersten Preis gemacht habe, macht mir Mut ...

Zwei Jahre vergehen. Ich stecke in einer Krise. Mit meiner Schreiberei geht es nicht so richtig weiter. Alexis geht es ähnlich, er hat kein Glück mit seinen Kompositionen. Wir sind beide ein bisschen frustriert.

Die Ausländerinnen sind auch nicht mehr so beeindruckend, ganz hübsch und nett, mehr nicht. Ich bin jetzt sechsundzwanzig Jahre alt, im nächsten Monat werde ich siebenundzwanzig. Das schnelle Abenteuer reizt mich nicht mehr. Vor Kurzem habe ich eine amerikanische Malerin getroffen. Sie heißt Betty, sie malt große bunte Bilder, als ich die das erste Mal sah, dachte ich: »Wer kauft denn so was?« Die Gestalten auf den Bildern haben langgezogene Gliedmaßen und Gesichter und sie sind voller Symbole, anders als alle Bilder, die ich jemals gesehen habe. Die Menschen, die sie malt, sind meistens schwarz. Anscheinend ist sie erfolgreich in Amerika. Sie reist um die Welt, um neue Eindrücke und Motive für ihre Bilder zu finden. Sie ist älter als ich. Sie liebt meine braune Haut. Wir verbringen viel Zeit miteinander, sie macht Skizzen von mir und sie sagt, sie will mich auf ihren Bildern verewigen. Sie gefällt mir.

Sie mag mich, aber sie sagt mir nicht das, was ich hören will. Ich will von ihr hören, dass sie mich nach Amerika mitnimmt, sie könnte mich heiraten. Dann könnte ich Kuba verlassen. Aber sie sagt nur, sie will ihre Unabhängigkeit nicht verlieren. Sie ist geschieden und hat eine erwachsene Tochter. Sie erzählt mir vom Vater ihrer Tochter, er ist Indianer und Medizinmann, er hat ein Buch geschrieben. Jetzt lebt er mit einer anderen Frau zusammen. Sie hat viele Dinge von ihm gelernt. Sie sagt, ich bin etwas Besonderes und ich soll an mich glauben. Sie ist im Havanna Libre abgestiegen und wir verbringen die Nächte zusammen. Ich bin verrückt nach ihr. Sie ist stark. Sie soll nicht weggehen.

Sie spricht meine Sprache. Sie ist als Künstlerin an Kuba und der Revolution interessiert, sie sagt, hier kann jeder studieren, wo gibt es das sonst noch auf der Welt? In Amerika können viele Menschen nicht mal zum Arzt gehen, sie haben kein Geld und keine Versicherung. Für Betty ist Kuba das menschlichere Land. Ich sage ihr, dass ich nach Amerika gehen will, was nutzt mir unser Sozialsystem, wenn ich nichts in unseren Geschäften kriege? Alles ist nur für die Ausländer da. Wir streiten uns, sie versteht mich nicht. Sie hat alles das, was ich nicht habe. Sie sagt mir, ich würde in Amerika nur unglücklich werden. Ich glaube ihr kein Wort. Sie versteht mich nicht, ich bin enttäuscht.

Sie ist wieder weg und es geht mir gar nicht gut. Ich gehe nicht mehr zur Arbeit und ich mache auch keine Schwarzmarktgeschäfte mehr, ich treffe meinen Bruder und meine Freunde nicht mehr und ich sage allen, sie sollen sich zum Teufel scheren. Ich will andere Länder sehen, ich will raus aus diesem Land. Was ist das für ein Land, in dem sich seit Jahrzehnten nichts verbessert, wo ich ständig Schlange stehen muss, um etwas zu kaufen und wo ich nicht sagen darf, dass Fidel ein Idiot ist. Heiliger San Lazaró, hilf mir, du bist doch mein Heiliger, ich werde eine Kerze für dich anzünden und zu dir beten. Ich will aus diesem verfluchten Land raus.

San Lazoró holt mich schließlich aus meiner Krise heraus, es ging mir wirklich sehr schlecht. Manchmal bekam ich Karten von Betty, sie reist um die Welt. Soll sie doch, sie hat mich enttäuscht, ich will nichts mehr von ihr wissen ...

Die Neue heißt Sheila. Sie kommt aus Kalifornien. Sie ist Jüdin. Sie ist Sprachwissenschaftlerin und lehrt Spanisch an der Universität in Los Angeles. Sie ist verheiratet mit einem Mann der obersten jüdischen Gesellschaftsschicht, sie sagt, »das ist eine Klasse für sich.« Wir trafen uns eines Abends vor dem Hotel Nacional, sie lief mir so über den Weg, sie war mit einer Gruppe linksgerichteter Aktivisten nach Kuba gekommen, das dürfte ihrem Mann gar nicht gefallen, denke ich. Sie ist älter als ich. Sie hat zwei kleine Töchter. Es ist, als würden wir uns schon lange kennen. Am liebsten würde sie in Kuba bleiben und am liebsten würde ich mit ihr nach Amerika gehen. Sie ist eine schöne

Frau mit dunklen Haaren und melancholischen Augen. Wir sind die ganze Zeit zusammen. Es geht eine melancholische Traurigkeit und Süße von ihr aus, die mich anzieht und die sie so geheimnisvoll macht. Wir gehen Hand in Hand durch die Straßen Havannas und erzählen uns Geschichten aus unserem Leben. Wir trinken eine ganze Menge Mojitos und reden und küssen uns zwischendurch wie die Verrückten. Sie ist ausgehungert nach Sex und nach Liebe, ihr Mann hat seit Jahren eine Geliebte und schläft nicht mehr mit ihr. Sie liegt in meinen Armen und sie umfängt mich mit ihrem warmen Körper und klammert sich an mir fest. Draußen ist die harte Welt und da drinnen ist unsere Insel. Wie glücklich sind wir. Wir reden ganze Nächte hindurch und zwischendurch lieben wir uns immer wieder, schweißnass auf den feinen Laken des Hotels Nacional, und am Morgen habe ich ihren Geruch auf meiner Haut. Von unserem Fenster schauen wir auf das Meer, wo sicher wieder in der Nacht Menschen versucht haben, mit Schlauchbooten Florida zu erreichen, und dabei ertrunken sind. Dann umfängt sie mich wieder mit ihrer geheimnisvollen und dunklen Leidenschaft und ich verliere mich in ihr, mit ihr, atme ihren Geruch ein und fliege davon, quer durch das Universum, ich vergesse mein Leben und meine Vergangenheit und meine Zukunft, ich bin nur noch bei ihr und möchte, dass die Zeit mit ihr ewig dauert, aber sie ist begrenzt, ich weiß das.

Wieder allein, »asi es la vida«, so ist das Leben. Ich träume von ihrem warmen weißen Körper, der mich umschlingt, und ihrem großen Mund, der mich überall küsst. Havanna ist leer ohne sie …

Sie schreibt mir Liebesbriefe, die mich traurig machen. Ich weine in meinem kleinen Zimmer. Ich vermisse ihre Wärme und ihren Geruch. Eine Weile hoffe ich, sie kommt wieder. Dann werden ihre Briefe weniger und ich begreife, sie wird niemals zurückkommen.

Ewig kann ich nicht in meinem Zimmer heulen, ich brauche Geld, mit Sheila habe ich nur Geld ausgegeben, nichts verdient. Ich gehe wieder raus auf die Straße, im Moment sind »gravadoras« angesagt, damit kann ich viel Geld verdienen, mehr als mit Jeans und Schuhen. Ein paar nette Kanadierinnen habe ich auch getroffen, es ist gut, sie sind so unkompliziert, bitte keine Dramatik jetzt, davon habe ich erst mal genug.

Alexis hat sich verliebt. Sie ist Spanierin und heißt Ana. Er ist verrückt nach ihr, er sagt, er kann ohne sie nicht mehr leben.

Ana hat große dunkle Augen und ihr Lachen ist ansteckend. Meinen Bruder trifft es genau ins Herz. In den nächsten Tagen sehe ich ihn nicht mehr, der Erdboden scheint ihn verschluckt zu haben. Nach einer Woche treffe ich ihn wieder, mit seinem Lächeln geht er mir auf die Nerven. Er hat keinen einzigen Peso mehr in der Tasche und pumpt mich an. Dann ist er wieder verschwunden, er ist bei Ana und sie kommen aus ihrem Zimmer nur zum Essen heraus. Ana ist aus Barcelona und sie arbeitet für das spanische Fernsehen. Alexis will sie heiraten. Ana reist nach drei Wochen ab. Sie will wiederkommen. Alexis ist untröstlich. Jeden Tag hofft er, dass ein Brief von Ana kommt.

Mein Bruder ist verliebt und sieht die Welt durch die rosarote Brille. Ich bin innerlich zerrissen, mit meinem Roman geht es nicht weiter, ich habe eine Schreibblockade, alles klappt nicht so, wie ich es mir vorgestellt habe, und die richtige Frau war auch noch nicht da. Die Zeit läuft und läuft, ich begreife, ich werde älter.

Und wieder schaue ich zurück, ich sehe mich in Havanna atemlos durch die Straßen laufen, ich mache meine Schwarzmarktgeschäfte, es geht gut, die Menschen brauchen immer irgendetwas, was es in den Geschäften nicht gibt. »El Skylab« ist ständig unterwegs, ich fliege von einem Kunden zum anderen. Ich bin jetzt einunddreißig und ich habe dieses Land satt, ich will weg. Nur, wie stelle ich es an? Mein Bruder hat seine Ana wiedergesehen und sie haben geheiratet, alles ging ganz schnell. Ein bisschen neidisch bin ich schon, aber es sei ihm gegönnt, er hatte nie viel Glück mit den Frauen.

Es ist November, November 1982, ein wunderschöner sonniger und milder November, endlich muss ich nicht mehr in meinem Zimmer den Ventilator auf Hochtouren laufen lassen, so wie im vergangenen Juli und August, wo es fast nicht mehr auszuhalten war, und die Schwüle fast unerträglich wurde. Die Zeit geht so schnell vorbei. Im Januar werde ich zweiunddreißig. Bis vor einer Woche lief ich rastlos durch die Straßen Havannas, wie ein Tiger im Zoo auf der Suche nach seiner Beute, behindert durch die Gitterstäbe, die nicht weichen wollen. Dann passiert es. Ich treffe meine Liebe. Vor dem Havanna Libre. Eigentlich will ich nur einen Brief an eine Schweizer Freundin loswerden, aber sie steht da und lächelt. Sie ist klein und hat rote Haare. Sie ist hübsch. Sie nimmt den Brief und steckt ihn in ihre Tasche und winkt mir zum Abschied zu. Ich sehe sie »La Rampa« zum Meer hinuntergehen und denke, gleich sehe ich sie nicht mehr. Ich laufe hinter ihr her und frage, ob ich sie ein Stück begleiten kann. Sie scheint nicht überrascht, sie sagt Ja und schaut mir in die Augen. Ihre sind blau mit Grau und offen und ehrlich, ich kann in ihnen lesen. Wir nehmen den nächsten »Gua Gua«, der zum Meer hinunter fährt. Die Menschen schauen uns neugierig an, ein großer schlanker Mulatte und eine kleine rothaarige Ausländerin, ein seltsames Paar, denken sie wohl. Sie heißt Ursula und ist sechsundzwanzig.

Ich begleite sie den ganzen Tag, irgendwann nehme ich ihre Hand und sie lässt es geschehen. Es fühlt sich gut an, Hand in Hand mit ihr durch die Stadt zu laufen. Seltsam, wir kennen uns nicht und doch fühlt es sich an, als würden wir uns schon lange kennen. Die Menschen, die uns entgegenkommen, lächeln. Ich erzähle ihr, dass es in einem meiner Lieblingsbücher von Garcia Marquez eine »Ursula« gibt, und dass ich niemals dachte, eine kennenzulernen. Sie lacht, sie hat das Buch in Deutsch und in Spanisch gelesen. Sie verzaubert mich. Ich bringe sie abends zu ihrem Hotel, sie wohnt im Inglaterra und ich nehme sie zum Abschied in den Arm. Ich spüre ihre Wärme und atme den Duft ihrer Haut ein und möchte sie nicht mehr loslassen. Wir verabreden uns für den folgenden Tag. In meinem Zimmer kann ich nicht schlafen, die ganze Nacht werfe ich mich in meinem Bett herum, was ist nur passiert, denke ich.

Ich hole sie ab. Sie hat auch nicht geschlafen. Wir gehen eng umschlungen. Wir küssen uns. Wir wollen uns lieben, den Körper des anderen erkunden, wir wollen nicht warten. Im Inglaterra versuchen wir es, aber sie sagen, no companero, no puede pasar. In meinem Zimmer herrscht Chaos. Wir gehen in eine »posada«, da gehen alle Kubaner hin, wenn sie allein sein wollen. Es gibt nicht viel Platz in kubanischen Wohnungen, die ganze Familie hängt dort herum. Ursula sagt, in Deutschland sind solche Hotels für Huren und ihre Kunden. Sie will da nicht hin. Sie schämt sich. Mi amor, sage ich, in Kuba ist das anders, aber wenn du nicht willst, warten wir noch. Nein, sagt sie, lass uns gehen, ich will mit dir zusammen sein. Auch in der posada gibt es eine Warteschlange. Sie wird nervös, ich halte ihre Hand, ich streichle sie.

Das Zimmer ist schäbig, aber sauber. Sie zittert. Wir legen uns angezogen auf das Bett. Sie hat Angst, ich sage, lass uns ein bisschen schlafen, nur schlafen. Ich nehme sie in den Arm. Soviel Zärtlichkeit ist in mir. Wir schlafen eine Weile und das Zimmer wird zu unserem Zimmer, es ist nicht mehr fremd. Als wir aufwachen, ziehen wir uns die Kleider aus. Ich entdecke ihre weiße Haut und ihre Zartheit, sie riecht gut unter ihren Achseln und zwischen ihren Schenkeln. Ich spüre ihr Verlangen und ihre Sinnlichkeit. Die große Leidenschaft überkommt uns, es ist unerträglich schön. Sie ist so wild jetzt, sie vergisst alles um sich herum. Eben noch das Mädchen und jetzt die Frau, die mich aufnimmt mit ihrem Mund und ihren Schenkeln und ihrem Körper. Noch nie war es so, sage ich zu ihr, als wir später eng umschlungen da liegen, noch nie, sagt auch sie. Sie streichelt mein Gesicht, meine Augenbrauen und meinen Mund und sie bedeckt meine Brust mit zärtlichen Küssen.

Ich bringe sie ins Inglaterra. Mi amor, mi cielo, flüstere ich und sie küsst mich auf den Mund. Es ist fast unmöglich sich zu trennen, wie kann es sein, dass wir uns erst zwei Tage kennen? Ich liebe dich, sage ich, ich kenne dich erst zwei Tage, aber ich liebe dich. Ich dich auch, sagt sie. Dann geht sie hoch auf ihr Zimmer.

Wir sind in einem kleinen Ort am Meer, ein paar Kilometer von Havanna entfernt. Es gibt nur eine Pension, alles ist ziemlich primitiv, ein Messingbett

steht in unserem Zimmer mit einer alten ausgeleier-
ten Matratze, der man ansieht, dass sich schon un-
zählige Paare auf ihr geliebt haben. Im Bad kommt
Wasser aus einem Rohr in der Wand. Es gibt einen
alten Eimer mit einem Plastikbecher, mit dem man
sich das Wasser über den Körper gießt. Seife habe
ich mitgebracht. Zu essen gibt es jeden Tag »arroz
con frijoles negros« und manchmal »queso con mer-
melada de guayaba«. Wir sind glücklich. Jede Nacht
lieben wir uns. An den Wänden haben die Pärchen
ihre Namen verewigt und Herzchen mit Pfeilen ge-
malt. Wir lernen unsere Körper kennen. Sie ist klein
und hat ganz weiße Haut. Ich liebe ihre Brüste. Sie
küsst mich überall. Ich spüre ihren warmen Mund an
den verborgensten Stellen meines Körpers. Ich atme
ihren Geruch ein und wir bewegen uns im gleichen
Rhythmus. Ich bin in ihrer Höhle. Es ist warm und
weich und feucht und wir bewegen uns erst langsam
und dann schnell und dann treiben wir plötzlich in
der Unendlichkeit, dem Nichts. Die Zeit steht still.

Es gibt einen grün angestrichenen Tisch mit wackli-
gen Beinen in unserem Zimmer und einen Schrank,
in dem Spinnen ihre Netze gewebt haben. Die Vögel
singen jeden Morgen vor unserem Fenster und wir
können das Meer riechen. Manchmal sitzen wir am
kleinen Strand und schauen auf das Meer hinaus und
sehen, wie die Sonne versinkt.

Die Zeit steht nicht still. Wir haben es gedacht, aber
wir haben falsch gedacht. Ich bringe sie zum Flugha-

fen, wir halten uns fest umschlungen, die ganze Zeit, und wir können kein Wort sprechen. Der Bus rattert endlos zum Flughafen, draußen gehen die Menschen ihren Geschäften nach, aber wir sind mit unseren Gedanken weit weg. »Wirst du schreiben und wiederkommen?« ‚frage ich. »Ich liebe dich«, sagt sie und sie weint halb.

Sie hat geschrieben, sie kommt im Februar. Ich zähle die Wochen, die Tage und die Stunden ...

Ich schaue zurück auf diese Zeit und ich glaube, sie war die schönste in meinem Leben. Ich war so voller Vorfreude auf sie, auf uns, ich schrieb ihr Liebesbriefe und stellte mir vor, wie sie sie lesen, sie küssen und sie nachts unter ihr Kopfkissen legen würde. Ich arbeitete konzentriert an meinen Geschichten und schrieb Gedichte für sie. Das Leben hatte einen Sinn bekommen ...

Dann warte ich am Flughafen. Es ist Februar. Sie kommt mir entgegen. Sie trägt eine weiße Bluse und Jeans. Wir umarmen und küssen uns. Wie wundervoll es ist, wieder zusammen zu sein.

Wir bleiben zwei Tage in Havanna. Wir haben ein Zimmer im Colina in Vedado gemietet. Man hat dort anscheinend keine Probleme damit, dass ich Kubaner bin und sie Deutsche ist. Solange das Zimmer in Dollar bezahlt wird, ist alles in Ordnung. Am dritten Tag nehmen wir den Bus nach Trinidad. Der Bus braucht fast den ganzen Tag. Trinidad ist schön mit seinen alten Häusern, den gepflasterten Gassen und den alten Kirchen. Es ist heißer als in Havanna, weil wir weiter im Süden sind. Nur ganz wenige Ausländer verirren sich hierher. Sie fragen uns, woher wir kommen. Die Menschen sind neugierig. Sie haben noch nie jemanden aus Westdeutschland getroffen, nur manchmal kommen welche aus unserem sozialistischen Bruderland RDA. Wir essen in kleinen Restaurants, wo das Essen gut und billig ist, und übernachten in einem neu gebauten Hotel am Strand von Trinidad, das außer uns keine Gäste hat.

Wir fahren nach Matanzas. Meine Eltern sind gekommen, alle wollen meine neue Liebe kennenlernen. Alle sind vergnügt, eine neue Liebe ist immer etwas Schönes. Wir bleiben nur einen Tag und dann fahren wir weiter, wieder in unser kleines Dorf am Meer. Hier ist es schön, wir haben alle Zeit der Welt. Wir sitzen auf der Terrasse in zwei alten Schaukelstühlen und beobachten die Sonne, wie sie untergeht. Morgens trinken wir süßen heißen Kaffee aus winzigen Tässchen.

Jede Nacht lieben wir uns in dem quietschenden Bett auf dieser schäbigen Matratze. Unser Bett ist unsere Zuflucht, dort sind wir vereint, dort spüren wir den Atem des anderen und werden zu einer Person. Die Welt draußen existiert nicht mehr, wir sind da drinnen in unserer eigenen Welt und die Uhr hat aufgehört zu schlagen.

Ich habe einen Brief von der Militärbehörde bekommen. Seit einer Woche sind wir hier in unserem Zimmer am Meer und ich trage den Brief seitdem mit mir herum. Ich wollte ihn nicht öffnen. Was kann schon Gutes darin stehen ...

Ich muss mich in Havanna bei der Behörde melden. Schon morgen, ich hasse diesen Brief ...

Ich nehme den Bus im Morgengrauen. Wir umarmen uns, es geht uns schlecht, weil wir uns trennen müssen. Sie kriecht zurück unter das Laken, aber ich sehe, sie ist unruhig. Ich gehe zur Bushaltestelle. Mir gehen viele Gedanken durch den Kopf. Werden sie mich wegschicken und wohin? Bei der Behörde muss ich endlos warten, eine unsympathische »Companera« sitzt da, eine Mulattin, mittleres Alter, straff zurückgekämmte Haare und eine Uniform, die nicht richtig sitzt. Sie ist anscheinend schlechter Laune. Als ich frage, wie lang es noch dauert, lässt sie mich unwirsch abblitzen. »Companero«, fährt sie mich an, »hab ein wenig Geduld, es sind noch jede Menge Leute vor dir.« Sie will ihre Macht demonstrieren. Als ich endlich an der Reihe bin, erfahre ich, dass man mich ans andere Ende der Insel schickt, und dass ich in drei Tagen los muss. Außerdem soll ich meinen Umgang mit Ausländerinnen mäßigen. Ich weiß nicht, wie viel die »companera« weiß, aber sie macht mich nervös, wie sie so da sitzt, den angespitzten Bleistift in der Hand, mit Augen, die mich zu durchbohren scheinen. Ich fange an zu stottern und fühle, wie klatschnass mein T-Shirt unter den Armen ist. Ich muss so schnell wie möglich zurück zu meiner Liebe, doch alles hat sich an diesem Tag gegen mich verschworen. Der Bus am Nachmittag fällt aus, das altersschwache Gefährt hat seinen Geist aufgegeben und der Abendbus ist so überfüllt, dass ich nicht mitgenommen werde. Die Nacht verbringe ich im Busbahnhof, ich will unbedingt der Erste für den Morgenbus sein.

Um sieben Uhr morgens bin ich da. Ich klopfe an die Tür und sie öffnet. Sie sieht aus, als hätte sie die ganze Nacht nicht geschlafen. Sie umarmt mich. Ich bin erschöpft, ich setze mich auf das Bett und erzähle. Ich bin nervös. Sie sieht es, sie kommt und streicht mir über den Kopf. Dann bückt sie sich und macht meine Schuhe auf, um sie auszuziehen. Sie tut es mit einer Zärtlichkeit, dass ich weinen muss. Es erinnert mich an meine Mutter, dann, wenn ich müde nach Hause kam. »Panchi, komm, ich helfe dir«, sagte sie stets und nahm mich in den Arm und ich fühlte mich geborgen. Jetzt nimmt meine Liebe mich in den Arm und ich fühle mich wie ein kleiner Junge. Es ist wie damals. Ich nehme ihre Hände. »Ich würde dich gerne heiraten«, sage ich, »willst du?« »Ja, natürlich will ich das« ist alles, was sie sagt. Wir stehen da und ich spüre ihre Wärme und Zuneigung. Es gibt Momente, die man nicht vergisst. Dieser Moment ist so einer.

Zwei Tage später bringe ich sie zum Flughafen. Ich küsse sie. Sie weint und ich fühle, wie ihr Herz klopft. Ich winke ihr lange zu und sehe sie dann durch die automatischen Türen verschwinden. Sie wird wiederkommen.

Mein Bruder stellt seinen Ausreiseantrag. Er will bei Ana sein.

Und wieder gehen meine Gedanken zurück, ich sehe mich am Flughafen von Havanna stehen, ich bin aufgeregt. Es ist der 18. Juli 1983 und es ist der Tag unserer Hochzeit. Meine Liebe kommt mit dem Flugzeug aus Madrid, es ist noch früh am Morgen und ich kann es kaum erwarten, sie wiederzusehen. Ich habe sie so sehr vermisst. Wir werden in einem Notariat an der Plaza de San Francisco de Paula heiraten.

Sie wird die Ringe mitbringen. Ich warte und dann ist sie da und wir halten uns fest. Ich habe im Riviera reserviert, dort können wir auf das Meer und den Malecón schauen. Wir liegen uns in den Armen. Ohne den anderen zu leben ist, als ob ein Arm oder Bein fehlt. Wir fahren ins Hotel. Sie wird ein blaues Seidenkleid tragen. Sie sieht schön aus. Meine Jeans sind neu und mein weißes Hemd auch. Die goldenen Manschettenknöpfe hat mein Vater mir geschenkt.

Im Notariat surrt der Ventilator. Es ist schon jetzt um elf Uhr morgens sehr schwül. Der Notar redet und redet, all diesen offiziellen Kram. Ich sehe, sie ist müde, sie will alles verstehen, aber es fällt ihr schwer, sich zu konzentrieren. Dann unterschreiben wir endlich, meine Hand zittert. Wir sind jetzt Mann und Frau.

Es ist Mittag und die Sonne brennt. Der Hafen Havannas liegt vor uns. Wir gehen einfach so herum. Wir haben keinen rechten Plan, wohin wir gehen sollen, wir haben auch keine Hochzeitsfeier. Wir haben uns, mehr brauchen wir nicht. Wir gehen wie im Traum. Kleine Wellen klatschen an die Ufermauer und das Wasser riecht modrig und vermischt sich mit dem leichten Ölgeruch der Frachtschiffe, die im Hafen liegen.

Nelson läuft uns über den Weg. Er ist einer meiner Freunde und pechschwarz. Er hat viel Erfolg bei den Ausländerinnen. Eigentlich ist er nicht besonders hübsch, aber er lacht so viel und das lieben die Frauen. Er hat ein Geschenk für uns, eine dicke reife Mango, die man im Moment nirgendwo in Havanna auftreiben kann, obwohl es die Zeit der Mangos ist.

Wir schlendern durch die engen Gassen der Altstadt. Sie sieht glücklich aus. Im Hotel rieche ich an ihrem Haar und an ihrer Haut und dann küssen und lieben wir uns. Das Zimmer ist fein mit sauberen Bettlaken und einem sauberen Bad. Diesmal lieben wir uns nicht so wild, sie ist müde vom Flug und wir bewegen uns im sanften Rhythmus und streicheln und küssen uns zärtlich, bis ich fühle, dass sie sich an mich klammert und bereit ist zu kommen, und dann komme auch ich und lasse mich fallen.

Am Abend wachen wir auf. Wir setzen uns an den Malecón. Eine kühle Brise weht vom Meer und ich denke, »wie glücklich wir doch sind.«

Eine Woche sind wir glücklich. Wir lieben uns in der Nacht und am Mittag und zwischendurch schlafen wir ein wenig und essen winzige Portionen. Wir haben keinen Hunger. Am Abend trinken wir Bier und ein, zwei Mojitos, »die in der Bodeguita sind am besten.« Es ist Regenzeit und jeden Tag bricht ein Gewitter los und der Regen fällt wie aus Kübeln vom Himmel. Manchmal stellen wir uns in den Regen und lassen uns bis auf die Haut durchnässen, und dann gehen wir in unser Zimmer und lieben uns bei Blitz und Donner. Wir träumen von unserem Leben zu zweit in Deutschland. Wie werden unsere Kinder aussehen, was für eine Farbe wird ihre Haut haben, werden ihre Haare kraus oder glatt sein? Ich werde sie immer lieben, auch wenn ich hundert Jahre alt bin. Wir träumen unseren Traum. Nach einer Woche bringe ich sie zum Flughafen. Wir küssen uns und wir weinen ein bisschen. Dann geht sie und entschwindet meinen Blicken.

Im September ist sie wieder da, sie arbeitet am Flughafen in Frankfurt und kann billig fliegen. Eigentlich wollte sie nach ihrer ersten Kubareise den Job am Flughafen hinschmeißen und auf eine Kunstschule gehen, sie wollte schon als Kind Malerin werden. Jetzt bleibt sie, sie braucht die billigen Flüge.

Wir fahren nach Matanzas. Meine Eltern sind da und die ganze Familie. Meine Cousine Amarilis ist sechzehn und Mutter einer einjährigen Tochter. Die kleine Amarilitis ist der Liebling der Tanten mit ihrer hübschen weißen Haut und den dunklen Locken. Der Vater ist weiß, aber er hat schon das Weite gesucht. Arme Amarilis. Sie wird Krankenschwester, ihre Mutter und die Tanten werden die Kleine hüten. Isabel, ihre Schwester, wird Ärztin. Wir bleiben nur einen Tag in Matanzas, dann fahren wir weiter in unser kleines Dorf am Meer. Dort sind wir allein. Dort sind wir glücklich. Niemals im Leben war ich glücklicher.

Als sie wieder abreisen muss und ich sie zum Flughafen bringe, sind wir traurig und mutlos, sie kann erst in fünf Monaten wiederkommen. Sie hat keinen Urlaub mehr. Ich habe einen Ausreiseantrag gestellt, genau wie mein Bruder, aber man hat uns gesagt, es kann lange dauern, bis die Genehmigung da ist. »Ich schreibe dir jeden Tag einen Brief«, sage ich, und »wenn ich Geld habe, rufe ich dich an.« »Versprochen?«, fragt sie. »Ja, versprochen, ich liebe dich, pass auf dich auf, denk an mich!« »Ja, immer, immerzu, jeden Moment«, flüstert sie. »Kein Mensch kann uns trennen.« Ich umarme sie noch einmal.

Dann geht sie.

Es ist *fünf Monate später,* eine lange Zeit, wir haben uns geschrieben und manchmal habe ich sie angerufen. Die Leitungen sind schlecht, wir schreien ins Telefon, aber es ist schön, die Stimme des anderen zu hören.

Ich stehe am Flughafen. Mein Herz klopft. Sie kommt und sie sieht blass aus, aber sie strahlt, als sie mich sieht. Es ist wundervoll, sie in meinen Armen zu spüren. Der Flug war ruhig, aber sie hat nicht geschlafen. Sie hasst Turbulenzen, sie denkt immer, das Flugzeug stürzt ab. Wir fahren an die Playas del Este, ich habe für uns ein Häuschen gemietet und kann in Peso Cubano bezahlen. Der Strand ist gut und Havanna nah. Eine »Maquina« bringt uns hin. Der Fahrer ist kein Halsabschneider. Wir sind selig, zwei Monate kann sie bleiben. Die »Maquina«, ein grüner Chevrolet aus dem Jahr 1957, holpert über die Straße mit ihren Schlaglöchern, sie schaut träumend aus dem Fenster.

Das Häuschen ist innen kühl und aufgeräumt und sauber. Wir fangen an auszupacken. Es klopft an der Tür und wir gehen hin, zwei Männer stehen da, sie sagen, sie wollen mich sprechen. Meine Liebste verschwindet und ich sehe, sie ist nervös. Was wollen die, denke ich. Es sind zwei Mulatten, sie haben dunkle verschlossene Gesichter und feine Anzüge an. »Geheimpolizei«, geht es mir durch den Kopf. »Companero«, sagen sie, »Sie dürfen in diesem Haus nicht mit einer Ausländerin wohnen, nur Kubaner dürfen hier wohnen.« Sie kennen meinen Namen und haben anscheinend meinen Lebenslauf auswendig gelernt. Das macht mich nervös, aber dann versuche ich mich zu beruhigen, was soll passieren, wir sind verheiratet. Wer will mir verbieten, mit meiner Frau zusammenzuwohnen? »Wir sind verheiratet«, sage ich. Sie schauen mich unsicher an, wenn sie alles wissen, wieso wissen sie nicht, dass wir verheiratet sind, denke ich. Ich zeige ihnen die Heiratsurkunde, die ich immer bei mir habe. Sie diskutieren eine Weile mit mir, sie wollen mir Angst machen, dann schwächen sie ab, »Sie dürfen bleiben, aber gehen Sie nicht zu viel raus und schon gar nicht an den Strand.« Sie sind netter als am Anfang, trotzdem traue ich ihnen nicht. Dann gehen sie. Was sollen wir machen? Wir haben Angst. Was ist, wenn sie wiederkommen? Wir beschließen sofort weiterzufahren. Nach Varadero, dort soll es viele Hotels geben.

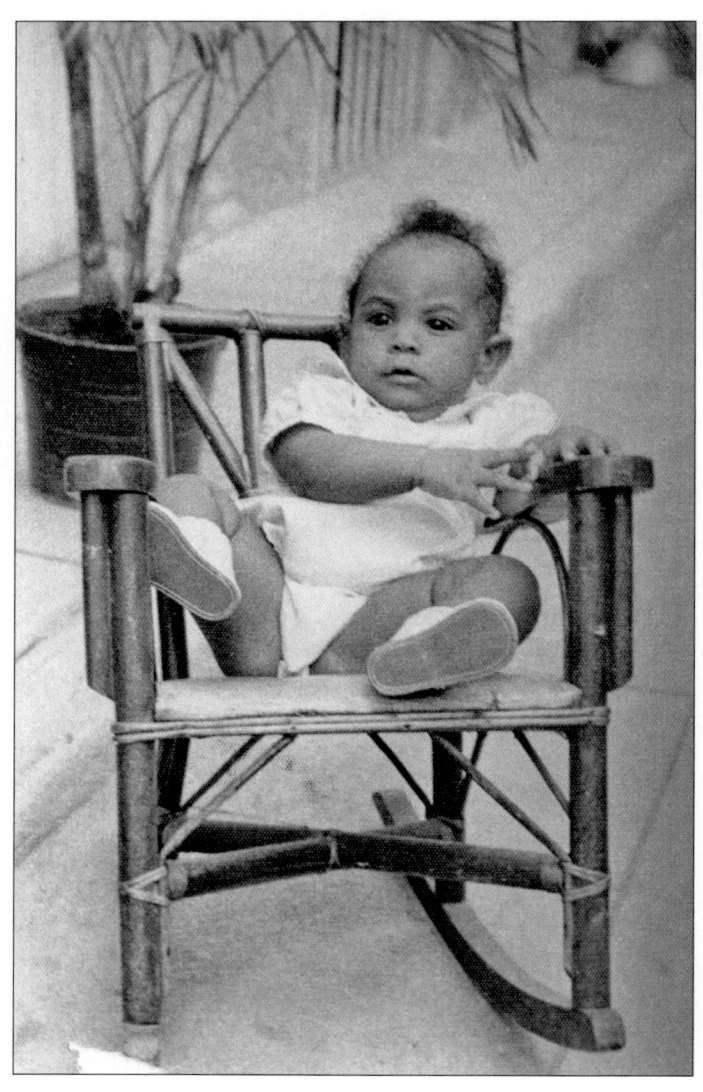

Francisco mit 6 Monaten

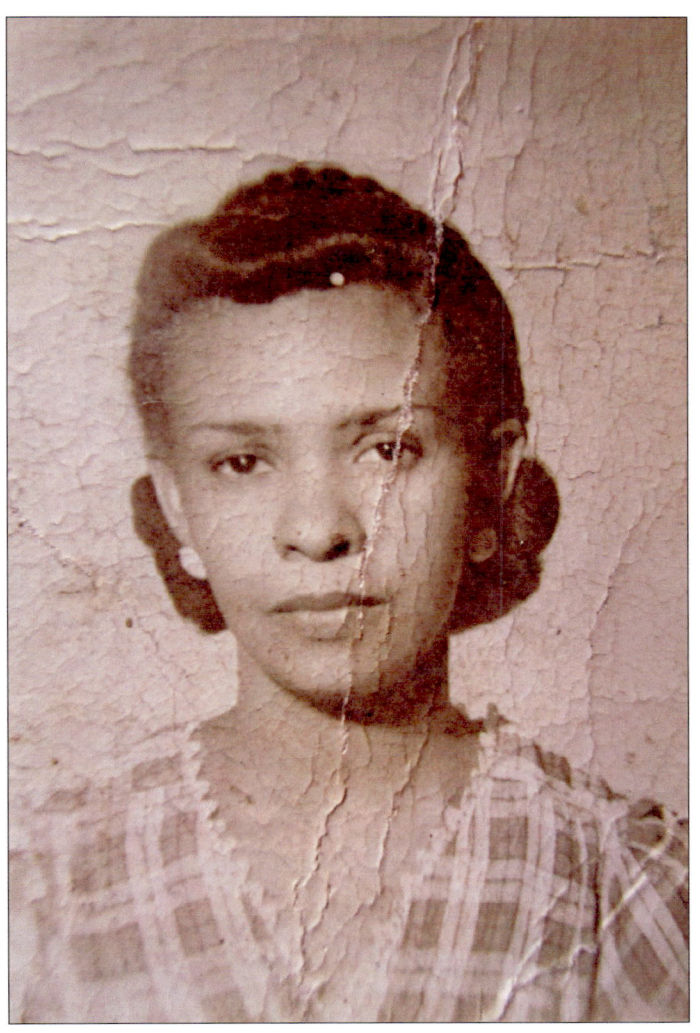

Tante Avilia

Tanta Avilia mit Francisco

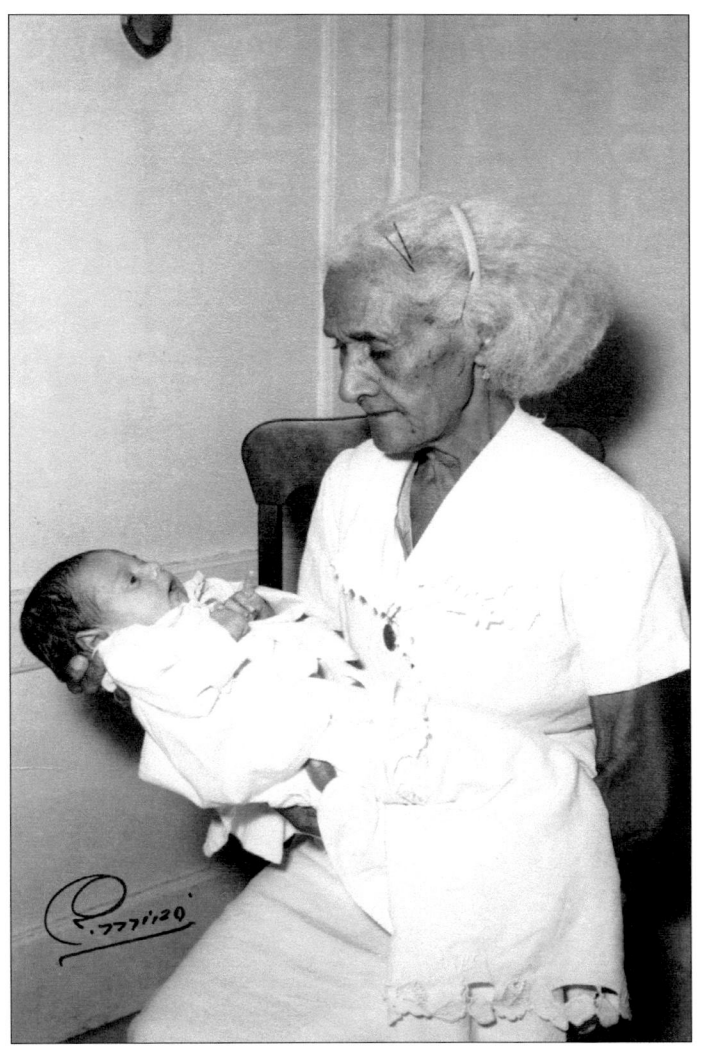

Großmutter Candita mit Enkelin Isabel

Seine Mutter Maria Christina

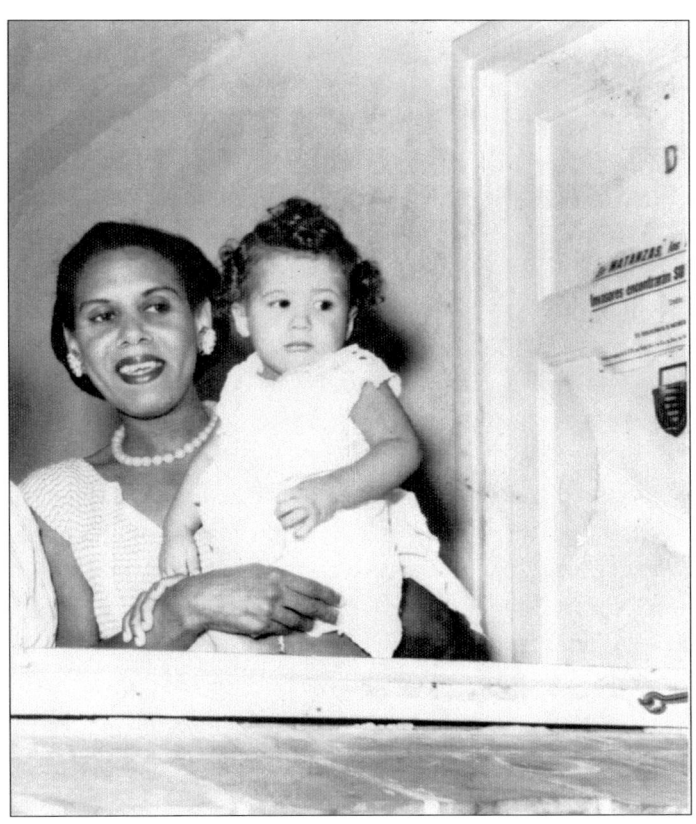

Tante Elena mit Isabel, Tochter von Alicia

Wir sind da. Varadero ist schön, der Strand endlos und menschenleer. Nach langem Suchen haben wir ein Appartement gefunden, das Peso Cubano nimmt. Es ist in einem Hochhaus in der Calle 14. Nur Kubaner wohnen hier. Eine nette Frau von der Rezeption hat uns geholfen, denn eigentlich dürfen hier auch keine Ausländer wohnen. Pastora, so heißt die Frau von der Rezeption, kommt aus Sagua la Grande. Sagua liegt neben Sierra Morena, wir sind also Nachbarn, das verbindet uns. Außerdem sind ihr kleine Geschenke sicher.

Varadero ist beruhigend nach dem hektischen Havanna und der Aufregung an den Playas del Este. Das Appartement ist ruhig und sauber. Manchmal treffen wir Nachbarn. Sie sind freundlich und dezent und fragen nicht, woher wir kommen und wie lange wir bleiben. Ab und zu fällt der Strom aus oder es kommt kein Wasser aus der Leitung, dann schleppe ich Wasser vom Haupthahn hoch in unsere Wohnung und wir zünden eine Kerze an.

Pastora, die Frau von der Rezeption, verlängert immer wieder unseren Aufenthalt. Im Gegenzug erhält sie kleine Geschenke. Im Hotel Kwama gibt es einen Touristenladen, da kaufen wir ein, Jeans und Turnschuhe und Kosmetika. Die Sachen verkauf ich, es gibt genug Interessenten und sie zahlen gut.

Am Strand sind wir meistens die Einzigen. Im Hotel Kwama gibt es ein paar Kanadier, aber die bleiben am Strand ihres Hotels. Manchmal gehen wir kilometerweit am Meer entlang und treffen keinen Menschen. Wir haben einen Polizisten als Freund, am Anfang waren wir misstrauisch nach dem, was wir an der Playa del Este erlebt haben, aber der Mann ist freundlich und grüßt uns jedes Mal, wenn er uns sieht.

Meine Eltern besuchen uns und bleiben ein paar Tage. Sie sind mit dem Bus gekommen. Auf dem Hinweg klappt alles gut, aber auf dem Rückweg fährt und fährt der Bus nicht. Erst am nächsten Morgen kommen meine Eltern weg. Kubanischer Alltag.

Wir genießen unsere Zeit. Zwei Monate vergehen schnell. Ich bringe sie wie immer zum Flughafen. Sie geht und ich bleibe.

Sie wird im September wiederkommen.

Alexis hat Kuba im Juni verlassen.

Er war überglücklich über seine Ausreiseerlaubnis. Seit zwei Monaten ist er in Spanien und ich mache mir Sorgen um ihn. Er ließ lange Zeit nichts von sich hören, kein Brief, kein Telegramm und kein Anruf. Gestern bekam ich ein Telegramm, in dem er mich dringend um Geld bat.

Er hat mir einen Brief geschrieben. Er ist nicht mehr mit Ana zusammen. Sie hat am Flughafen auf ihn gewartet, hochschwanger. Das Kind ist nicht von ihm. Sie hatte eine Affäre mit einem Kollegen. Sie wollte nicht abtreiben. Sie flehte meinen Bruder an, er solle ihr verzeihen. Sie würde ihn noch immer lieben. Er leidet, seine Welt ist zusammengebrochen. Er hat sein weniges Geld genommen und reist durch Spanien. In seinem Gepäck sind Adressen von Leuten, die er in Kuba getroffen hat. Vielleicht, sagt er, hilft mir jemand. Er will sie nie wiedersehen.

Einen Monat später bekomme ich eine Nachricht von ihm, eine Frau aus dem Baskenland hat ihn bei sich aufgenommen. Mein Bruder kannte sie nur flüchtig, ihre Adresse war eine derjenigen, die er fast aussortiert hätte. Die Menschen, von denen er dachte, sie würden ihm helfen, haben ihm ein paar Peseten zugesteckt und ihn dann weitergeschickt. Sagrario, die junge Baskin, nimmt ihn auf und sagt, er könne so lang bleiben, wie er wolle.

Ursula ist gekommen und ich bin überglücklich, sie hier zu haben. Wir sind am Strand von Jibacoa, das ist nicht weit weg von Havanna. Ich habe ein kleines, sehr einfaches Häuschen gemietet. Jibacoa liegt in einer Bucht, der Strand ist nicht so schön wie der in Varadero, aber Havanna ist besser zu erreichen und ich muss noch einige Dinge erledigen. Es sind ein paar alternative deutsche Touristen hier, linksgerichtete junge Leute, die der Sozialismus Kubas interessiert. Ursula diskutiert lange mit ihnen und ich merke, ich werde eifersüchtig, die wenige Zeit, die wir haben, will ich mit ihr verbringen. Sie bleibt drei Wochen, der Tag der Abreise rückt näher, der Abschied fällt uns immer schwerer.

Und ich erinnere mich wieder. Ich sehe mich durch Havanna laufen, unruhig, jeden Tag hoffe ich, die Ausreisegenehmigung zu bekommen. Ich träume von meiner Liebe und schreibe ihr Briefe, ich schreibe Gedichte an sie und liege nachts wach, weil ich mich nach ihr sehne. Dann, eines Tages im Januar, ist es da, dieses Papier, auf das wir so lange gewartet haben, ich kann es kaum glauben, plötzlich liegt es da, ganz unschuldig sieht es aus und doch wird es mein ganzes Leben umkrempeln.

Ich fahre zu meinen Eltern, ein seltsames Gefühl überkommt mich. Die ganze Zeit träumte ich davon auszureisen. Jetzt, wo es soweit ist, bekomme ich Angst. Ich werde weit weg sein. Werde ich meine Mutter vermissen? Ich lasse mein Land zurück, immer wollte ich weg, nun begreife ich, dass es endgültig ist! Havanna, mi amor, du bleibst zurück und ich gehe. Wie treulos ich dir geworden bin. Und wie sehr ich dich am Anfang liebte. So viele Bilder sind in mir, so viele Freunde lasse ich zurück. Werde ich glücklich sein im kalten Deutschland? Mein Vater wünscht mir eine gute Reise und meine Mutter weint.

Ich sehe alles an mir vorüberziehen. Ich sitze im Flugzeug. Bald werde ich bei meiner Liebe sein. Alle Unsicherheit, alle Ängste, die mich zum Schluss in Kuba quälten, sind wie weggeblasen. Ich fühle mich wie ein König, sie servieren mir gutes Essen und ich trinke mehrere Gläser spanischen Wein. Dann schlafe ich tief und fest wie ein Baby und wache erst auf, als der Flieger den Atlantik überquert hat und im Anflug auf Madrid ist. Von dort aus werde ich die Maschine nach Frankfurt nehmen.

Ein klarer kalter Wintermorgen, der Himmel ist blau, aber überall liegt Schnee und Eis. Ich bin in Deutschland. Es sieht so anders aus als in Kuba, der Schnee glitzert auf dem Rollfeld, und wenn ich atme, kommen kleine weiße Wölkchen aus meinem Mund.

Ich will telefonieren, aber mir fehlen Münzen. Eine freundliche deutsche Frau gibt mir welche und wählt Ursulas Nummer. Sie gibt mir den Hörer und ich höre Ursulas Stimme ganz klar und deutlich. In Havanna musste ich in den Hörer hineinschreien, wenn ich telefonierte. »Ich bin am Flughafen«, sage ich, und sie fragt: »In Havanna oder in Madrid?« Sie glaubt nicht, dass ich in Frankfurt bin, sie lacht und weint und sagt, »gleich bin ich bei dir.« Dann stehen wir in der Halle des Flughafens und küssen uns. Alles ist so irreal. Wir fahren in ihre Wohnung, wir reden und lachen und küssen uns. Wir lieben uns, alles ist so wundervoll, niemals im Leben wird es wieder so wundervoll sein. Ich streichle ihren warmen weißen Körper und vergrabe mein Gesicht zwischen ihren Brüsten und ihren Schenkeln und sauge ihren Duft ein und schmecke den Salzgeschmack ihrer Tränen und die Süße ihrer Haut. Später schlafen wir, ihre roten Haare liegen auf meiner Brust, sie atmet tief und fest und ihre kleinen weißen Hände liegen auf meinem Bauch. Wie sehr habe ich dich vermisst, mi amor, wir werden uns nie mehr trennen. Wie wehrlos sie aussieht, meine Prinzessin, wie sehr ich sie liebe. Das Zimmer ist warm, sie hat die Heizung ganz weit aufgedreht. Am nächsten Morgen wache ich auf und spüre die Wärme ihres Körpers. Es ist also kein Traum. Sie streichelt meine Augenbrauen und mein Gesicht und meinen ganzen Körper. Wie klein sie ist und wie zart ihre Hände sind. Ich küsse ihr Gesicht und ihren Mund und wandere weiter zu ihrem sanften Dreieck, das dieselbe Farbe wie ihr Haar hat. Dann sind wir vereint und wir schweben. Den ganzen Morgen bleiben wir im Bett. Sie ist da, denke ich, wir sind zusammen, sie muss nicht wieder abreisen, wir werden uns nie mehr trennen. Wir sind so unglaublich glücklich an diesem Morgen. Ihr Gesicht ist zerkratzt von meinem Bart und ihre Augen glänzen.

Unser erster gemeinsamer Morgen in Deutschland. Es lag eine Magie über uns beiden, soviel Zärtlichkeit zwischen uns, soviel Unschuld war da und ich dachte, es würde immer so weitergehen.

Ich bin, da wo ich jetzt bin, im Frieden. Von der jenseitigen Welt blicke ich zurück und ich weiß, dass ich viel falsch gemacht habe in meinem Erdenleben.

Ich hätte dieses Glück bewahren sollen, es war ein Geschenk, aber ich war damals noch ungeduldig und manchmal voller Zorn und Egoismus. Die Liebe aber ist etwas Fragiles und wir müssen es schützen und behüten.

Die kleine Stadt, in der ich mit Ursula lebe, ist in der Nähe von Frankfurt. In Frankfurt zu wohnen wäre mir lieber, dort gibt es Theater und Kinos und dort ist die kulturelle Szene. Aber die Wohnung ist klein und gemütlich. Ich habe meiner Mutter geschrieben, sie soll sich keine Sorgen machen, ich friere überhaupt nicht, weder in der Wohnung noch draußen. Dank der Heizung ist es drinnen warm, und draußen haben wir dicke Jacken. In meinem kleinen Zimmer in Havanna war es im Sommer schwül und im Winter manchmal sehr kalt, wenn ein »frente frio« über uns hinwegzog und ich nur eine dünne Decke zum Zudecken hatte. Hier habe ich warme Decken im Bett. Wenn wir hinausgehen, ziehe ich den dicken Pullover an, den Ursula für mich gestrickt hat. Der Schnee sieht schön aus, er glitzert auf den Bäumen und auf den Straßen. Ich stapfe mit meinen Stiefeln durch die weiße Pracht und wir machen Schneeballschlachten. Wie wir lachen, wir lachen die ganze Zeit.

Wir machen Anmeldungen, Papierkram, bei den Behörden und ich bin erstaunt, wie freundlich die Angestellten zu mir sind. Wenn ich sage, ich komme aus Kuba, lachen sie und fangen an zu träumen von Sonne und Strand und Palmen, und alle kennen das Bild von dem Che und sind begeistert. Ja, aus der Ferne kann man von der kubanischen Revolution träumen.

Wir besuchen Ursulas Eltern. Sie wohnen auf dem Land. Sie sind herzlich, zurückhaltender als die Kubaner, aber herzlich. Die Mutter ist dominant, sie erinnert mich an meine Oma, der Vater ist sanft und ruhig, ein bisschen wie Onkel Gilberto.

Jeder Tag, den wir zusammen verbringen, ist ein geschenkter Tag für uns. Es ist so wunderbar, morgens aufzuwachen und den anderen neben sich zu sehen. Am Morgen stehe ich mit ihr auf und wir frühstücken zusammen. Manchmal albern wir herum wie die kleinen Kinder. Wir sind so glücklich.

Meinem Bruder Alexis geht es anscheinend besser, vielleicht ist er sogar glücklich. Aus der flüchtigen Bekanntschaft zu Sagrario, der Frau, die ihm Unterschlupf gewährt hat, ist Zuneigung und Liebe geworden. Jetzt ist Sagrario schwanger. Im Juni kommt das Baby. Mein Bruder ist aufgeregt und freut sich. Ein Kind, das ist gut, das ist ein neuer Anfang, ein kleines Wunder nach der Tragödie mit Ana, er spricht nicht über sie. Ich beneide ihn wegen der Sprache, er braucht keine neue Sprache zu lernen so wie ich. Ich bin mit Deutsch »auf dem Kriegsfuß«, es ist so eine harte Sprache, die mir nicht über die Zunge gehen will. Ich verzweifle an manchen Lauten. Die meiste Zeit sprechen Ursula und ich Spanisch. Für uns ist es die Sprache der Liebe, der Zärtlichkeiten und der sanften Wörter.

Wir fliegen nach Berlin und besuchen Alice, die wir in Kuba kennengelernt haben und die auch mit einem Kubaner verheiratet ist. Es ist ein bisschen traurig. Alice ist unglücklich. Rudy, der Kubaner, betrügt sie.

Im Mai fliegen wir für eine Woche nach Spanien auf eine kleine Baleareninsel. Es ist schön hier, weiße Strände und türkisfarbenes Meer, es erinnert mich an den Strand von Varadero. Wir genießen die Sonne und das Meer und essen frischen Fisch und trinken starken Inselwein, der uns in den Kopf steigt (danach ist es noch schöner mit ihr im warmen weichen Bett).

Ende Juli besuchen wir meinen Bruder. Ich hatte Sehnsucht nach ihm. Vor einem Monat ist das Baby geboren. Es ist ein Junge, sie haben ihn Franz genannt. Er ist wunderschön mit schwarzen Locken, nicht die krausen Haare von meinem Bruder, sondern hübsche Locken, die sein kleines Gesicht umrahmen. Seine Haut hat die Farbe von hellem Karamell. Mein Bruder und Sagrario sind stolz und sehr glücklich. Sagrario ist nicht sehr hübsch, ihre Nase ist knöchern und groß und ihr Gesicht hager, aber das Glück strahlt aus ihren Augen.

Alexis wohnt in Vitoria, der Hauptstadt des Baskenlandes. Es ist eine schöne Stadt mit alten Prachtbauten und großen Straßen. Überall wuseln die Menschen herum, sind auf der Suche nach irgendwelchen Dingen. Mein Bruder sagt, überall geht die Angst vor neuen Bombenattentaten der ETA um. Er sagt, auch wenn die Leute seine Sprache reden, sind sie komplett anders als die übrigen Spanier. Er fühlt sich nicht sicher, wenn er durch die Straßen geht. Ich verstehe ihn nicht, mir gefällt es gut hier, es gibt kleine Bars, in denen der Schinken von der Decke hängt, und man bekommt zum Bier oder Wein eine »tapa«, ein Stück Brot mit Fleisch oder Fisch. Ich beneide Alexis und es tut mir gut, meine Sprache zu hören.

Sagrario hat viele Brüder und Schwestern. Sie sind nett, aber zurückhaltend. Sie kommen am anderen Tag. Ich sehe meinem Bruder an, dass er sich in ihrer Gesellschaft nicht wohl fühlt. Nur als er das Baby, den kleinen »Franz«, in seinen Armen hält, entspannt er sich. Er lacht wieder sein offenes Lachen, so wie er es früher in Havanna tat. Nach einer Woche fliegen wir zurück nach Hause.

Ursula träumt von einem Haus in Spanien. Sie mag die Landschaft und die Sonne. Sie liebt alte Olivenbäume. Sie sagt, das Licht des Südens ist so viel heller und klarer. Es ist jetzt Oktober und wir fliegen nach Andalusien. Ihre Freundin Anne hat mit ihrem Mann vor zwei Jahren ein Stück Land gekauft.

Sie bauen ein Haus und sie haben schon oft von der Gegend geschwärmt und von den Preisen, die noch sehr niedrig sind. Das Grundstück liegt in den Bergen, ungefähr eine Stunde vom Meer entfernt, die Landschaft ist mediterran mit Feigen-, Mandel- und Olivenbäumen. Es wächst alles dort und die Dörfer sehen pittoresk aus mit den kleinen weißen Häusern. Wir schauen uns Granada an mit der Alhambra und seinen Springbrunnen und Mosaiken und dem Blick über die Sierra Nevada. Die Stadt ist wunderschön und die Leute reden ein weiches singendes Spanisch. Es erinnert mich an Kuba.

Unser Weg in die »Alpujarra«, so heißt die Gegend, wo unsere Freunde das Land gekauft haben, führt über weite Ebenen und über einen Bergpass. Es sind nicht so viele Kilometer, aber die endlosen Kurven, die an steilen Abhängen vorbeiführen, lassen uns nur langsam vorankommen. Ich wäre gerne in Granada geblieben, aber Ursula möchte unbedingt die Gegend kennenlernen, wo Anne und George ihr Haus bauen. Wir sind müde, als wir ankommen, Laroles heißt das kleine Dorf, eine Handvoll kleiner weißer Häuser an einem Berg. Eine schmale Straße führt zum Dorf. Es gibt nur eine einzige Pension, in der wir ein Zimmer mieten. Die Dorfbewohner sind freundlich, andalusische Bauern, derb, aber herzlich. Am Abend kommen sie mit ihren Eseln und Maultieren von den Feldern. Es ist schön hier, aber zum ersten Mal wird mir bewusst, wie verschieden meine Liebste und ich sind, sie mag das Land und ich die

Stadt. Ich wäre jetzt gern in Barcelona oder Madrid, dort ist das kulturelle Leben. Ich vermisse Havanna und meine Schriftstellerfreunde, ich vermisse die Musiker, die Maler, überhaupt alle meine Freunde. Es war so einfach in Havanna, an jeder Ecke traf ich jemanden. Hier in Europa sind die Künstler unter sich, sie gehören einer anderen Klasse an.

Wir finden ein Grundstück außerhalb des Dorfes mit einem wundervollen Blick über die Berge, mit Mandel- und Orangenbäumen und einer sprudelnden Quelle. Ursula verliebt sich sofort in das Stück Land. Wir werden es kaufen und ein Haus bauen.

Meine Gedanken schweifen zurück, es ist Februar und es ist das Jahr 1986. Wir haben das Grundstück gekauft. Mein Bruder ist aus Vitoria gekommen, er will mir beim Hausbau helfen. Zwei Maurer aus dem Dorf sind auch dabei. Wir müssen alle Materialien mit Eseln zum Grundstück bringen, es gibt keine Straße, nur Trampelpfade. Das Wetter ist schlecht, es regnet und ist kalt. Die Pension hat keine Heizung und es ist kalt.

Ich freue mich, ich werde einige Wochen mit Alexis verbringen. Aber er ist nicht derselbe wie in Havanna. Er ist nicht glücklich. Er denkt immer noch an Ana, seine große Liebe. Er schläft schlecht, und sein Asthma, das ihn in seiner Kindheit so schlimm plagte und das später besser war, hat sich wieder verschlechtert. Wenn er den Pfad zum Dorf hochgeht, schnappt er nach Luft. Er hat sein Spray immer dabei.

Alexis vermisst Kuba. Er vermisst seine Musikerfreunde, er hat dort in vielen Gruppen gesungen, er hat so eine schöne Stimme. Er komponiert Lieder, sie sind wirklich gut, aber die Spanier wollen sie nicht haben. Niemand will seine Lieder veröffentlichen. Er ist deprimiert. »Was habe ich nur gemacht«, fragt er mich, »warum bin ich nicht in Havanna geblieben, dort konnte ich wenigstens singen.« Ich tröste ihn, »der große Antonio Machin hat auch jahrelang in Spanien ums Überleben gekämpft und dann wurden seine Lieder Welterfolge«, sage ich ihm. Er umarmt mich, er ist gerührt. Er fragt mich, was mein Roman macht, und ich muss ihm gestehen, dass in meinem Kopf im Moment ziemliche Leere herrscht. »Wenigstens bist du mit deiner Frau glücklich«, sagt er. Ich denke daran, wie glücklich er mit Ana war, wie er strahlte und wie er träumte von einem Leben mit ihr in Spanien. Das Leben ist nicht fair.

Ursula bleibt vier Wochen mit uns in Andalusien. Dann muss sie zurück, sie muss arbeiten. Sie will nicht gehen, sie will sich nicht von mir trennen. Seit ich in Deutschland bin, sind wir immer zusammen gewesen. Sie fühlt sich elend, ich will nicht schon wieder allein sein, sagt sie, aber dann fliegt sie zurück nach Frankfurt. Ich bleibe mit meinem Bruder in Spanien.

Zwei Monate später bin ich wieder in Deutschland. Ich habe sie vermisst. Sie umarmt mich. Sie möchte ein Kind. »Ich bin im März dreißig geworden und wer weiß, wie lange es dauert, bis ich schwanger bin«, sagt sie. Ich möchte noch warten, ich würde gerne ein bisschen Geld zusammen mit ihr verdienen, aber sie ist nicht abzubringen von dem Gedanken.

Im Sommer und Herbst sind wir wieder in Andalusien. Die Arbeiten gehen langsam voran, die Arbeiter kommen öfters nicht, dann, wenn sie keine Lust haben oder ein Fest gefeiert haben und noch halb betrunken sind. Es ist entnervend. Wir fangen an uns zu streiten. Ich sage ihr, dass ich sowieso lieber in Madrid oder Barcelona wäre, und sie sagt, dass ich sie nicht verstehe und dass wir nicht zusammenpassen. Später vertragen wir uns wieder, aber die Streitigkeiten bleiben in unseren Köpfen, es ist nicht mehr wie am Anfang.

Ende Oktober sind wir wieder in Deutschland. Das Haus ist nicht fertig, aber wir haben die neue Türe des Hauses abgeschlossen und sind zurückgeflogen. In unserer kleinen Wohnung sind wir zufrieden, es gibt keine Probleme mit Arbeitern, die nicht kommen, weil sie betrunken sind. Wir wollen eine Pause vom Hausbau. Ich habe angefangen eine Geschichte zu schreiben, und Ursula, die sich von dem weiten Blick über die andalusischen Berge hat inspirieren lassen, malt wunderschöne Aquarelle. Wenn wir nicht malen oder schreiben, lieben wir uns bei kubanischer Musik. Es ist wieder wie am Anfang, der Zauber ist zurückgekommen und wir sind glücklich.

Heute ist der 29.1.1987 und ich habe Geburtstag. Ich bin sechsunddreißig geworden. Wir werden Eltern. Das Baby soll im September kommen. Wie wird unser Kind aussehen? Wir freuen uns so sehr.

Meine Liebste ist eine glückliche Schwangere. Sie spricht mit dem Baby in ihrem Bauch. Wir wollen dem Winter entfliehen und fliegen zwei Wochen auf die Kanarischen Inseln. Die Sonne tut gut. Am liebsten würde ich in den großen Touristenzentren bleiben, aber Ursula zieht es auf die kleinen Inseln Gomera und La Palma. Ihr gefallen die großen Hotels mit den vielen Deutschen und Engländern nicht.

Wir bekommen eine Tochter, sie soll am 2. September kommen. Die Monate fliegen vorbei. Ihr Bauch wächst und wächst. Wir sind so gespannt.

Ich habe eine Arbeit am Flughafen gefunden. Es ist keine besonders gute Arbeit, ich arbeite für Lufthansa Catering, aber ich werde Geld verdienen. Der Vertrag ist für sechs Monate.

Mein Herz wird weit, wenn ich zurückdenke an den Tag der Geburt unserer Tochter. Ich erinnere mich, wie sie aus ihrer Mutter herauskommt, rot im

Gesicht von der Anstrengung, mit einem Köpfchen, das voller schwarzer Haare ist. Glatte Haare. Sie ist so weiß, dass ich staune, ich dachte, ihre Haut wäre dunkler. Sie ist wunderschön. Sie öffnet ihre Augen und sie sind dunkelblau. Alles ist perfekt an ihr. Sie schreit, aber sie beruhigt sich sofort in meinen Armen. Sie kommt sechzehn Tage zu spät, es ist der 18. September 1987.

Wir sind jetzt zu dritt. Wir nennen sie Maria Christina. Sie schläft in einem Körbchen neben unserem Bett. Die ersten Tage können wir uns nicht sattsehen an diesem kleinen Wesen, wie sie schläft, die kleinen Fingerchen zu Fäustchen geballt. Sie hat meine Nase und meinen Mund, und auch die Form der Augen und der Augenbrauen ist von mir. Die weiße Haut ist von Ursula. Sie ist die ganze Zeit hungrig und wir stehen in der Nacht auf, um ihr die Flasche zu geben. Ursula Eltern kommen uns besuchen und sind vollkommen entzückt von ihrer Enkelin.

Ein paar Monate später ist mein Vertrag bei der Lufthansa ausgelaufen und wir haben Zeit zu verreisen. Wir mieten eine Wohnung auf Mallorca und bleiben dort zwei Monate. Es ist Winter und die südliche Sonne tut uns allen gut. Unsere Tochter wächst und ihre Haut bekommt einen goldenen Schimmer. Mallorca ist schön mit seinem blauen Meer und den blühenden Mandelbäumen. Wir verbringen viel Zeit am Strand und in Cafés. Christina ist der Liebling der Kellner und Kellnerinnen.

Wir haben eine Verschnaufpause. Wenn unsere Tochter schläft, finde ich Zeit, um zu schreiben, und Ursula malt die Palmen und die Vegetation des Gartens, den sie von unserem Balkon aus sehen kann. Wir sind entspannt und glücklich, auch wenn unser Appartement sehr chaotisch aussieht, weil keiner von uns beiden Lust hat aufzuräumen. Stattdessen genießen wir unsere Zeit auf Mallorca und würden gern länger bleiben, doch wir müssen zurück, es geht nicht anders. Lufthansa will mich einstellen und mir eine feste Arbeit geben und dafür muss ich in Deutschland sein.

Im Mai fange ich an am Flughafen zu arbeiten. Wieder in der Großküche, Catering für Lufthansa. Ich würde gerne eine bessere Arbeit haben, aber mein Deutsch ist immer noch sehr schlecht. Ich komme mir vor wie ein Dummkopf. Die Wörter wollen nicht in meinen Kopf, es ist zum Verzweifeln. Ursula macht mir Vorwürfe deswegen.

Das Leben wird zur Routine. Ich bin frustriert. Ich wollte einen Job und Geld verdienen, doch der Job nimmt mir fast meine ganze Energie, zum Schreiben finde ich gar keine Zeit mehr. Ich frage mich, wo meine Träume und Illusionen geblieben sind. Ich funktioniere im Moment nur noch wie ein Roboter. Den kleinen Rest an Energie, die mir bleibt, nimmt mir unsere Tochter. Sie ist unser ganzer Stolz, aber sie braucht unsere ganze Aufmerksamkeit. Tagsüber schläft sie so gut wie nie und nachts weckt sie uns viele Male auf, für uns selbst bleibt keine Zeit mehr.

Es ist Anfang Februar 1989, Christina ist jetzt fast eineinhalb Jahre alt, seit einem halben Jahr läuft sie, ihre Haarfarbe ist zu dunkelblond gewechselt, ihre Augen sind immer noch dunkelblau. Sie ist ein Energiebündel. Im März muss Ursula wieder arbeiten, deshalb wollen wir drei Wochen nach Kuba fliegen.

Es ist vier Jahre her, dass ich meine Heimat verlassen habe. Ich freue mich, endlich werde ich Havanna, den blauen Himmel und meine Eltern wieder sehen. Ich dachte nicht, dass ich mein Land so sehr vermissen würde, die erste Zeit war ich froh, den kubanischen Alltag hinter mir gelassen zu haben, doch jetzt vermisse ich so viele Sachen. Mir fehlt die Fröhlichkeit der Menschen, die Deutschen sind so seriös, mir fehlen meine Freunde und die Sonne und das Meer, die Musik und das Essen. Ich möchte Reis mit schwarzen Bohnen essen und lecker gegartes Schweinefleisch, mir fehlt der Geschmack des kubanischen Essens. Hier in Deutschland schmeckt alles so fade.

Wir sind in Kuba. Es fühlt sich vertraut an und doch fremd. Vier Jahre Deutschland sind nicht wegzuwischen. Ich bin es nicht mehr gewohnt, alle reden auf mich ein, in Deutschland redet einer nach dem anderen. Meine Eltern sind da und umarmen und küssen uns. Wir haben Geschenke mitgebracht, alles wird bestaunt und dankbar angenommen. Niemand in Deutschland bricht wegen dieser kleinen Sachen in Begeisterung aus. T-Shirts, Badelatschen, Shampoo, Zahnpasta, Lippenstifte und Nagellacke, alles Kleinigkeiten in Deutschland, hier ist alles willkommen. Christina ist auf dem Arm ihres Großvaters. Er ist von ihren blauen Augen fasziniert. »Ojos azules«, murmelt er und schaut seiner Enkelin tief in die Augen. Er will sie gar nicht mehr loslassen. Sie hat ein weißes Kleidchen an und sieht aus wie eine kleine Prinzessin.

Die wirtschaftliche Lage Kubas ist schlechter geworden. Es kommen fast keine Devisen ins Land, das Leben der Kubaner wird immer schwerer. Fidel will keine Wirtschaftsöffnung wie Gorbatschow in der Sowjetunion. Fidel will immer noch den besseren Menschen in Kuba erschaffen. Aber es funktioniert nicht. Die Menschen sind unzufrieden, sie sind es so leid. Es gab einige Bauernmärkte, die ihnen im täglichen Leben geholfen haben, Fidel hat sie schließen lassen. Mein Vater ist verzweifelt, er fragt sich, wie alles weitergehen soll. Lebensmittel sind immer schwieriger zu bekommen, selbst die Mini-Rationen von der »libreta« sind nicht mehr sicher. Meine Mutter ist am grauen Star erkrankt und kriegt keine Medikamente mehr. Längst hätte sie operiert werden müssen, doch die Operation wird immer wieder aufgeschoben, weil das Gesundheitssystem nicht mehr richtig funktioniert. Jetzt ist sie fast blind. Meinem Vater geht es auch nicht gut, er hat hohen Blutdruck und sein Herz macht nicht mehr richtig mit. Er ist ständig überfordert, muss Lebensmittel und Medikamente besorgen und meiner Mutter bei den kleinsten Dingen helfen.

Sie verlangt dauernd irgendwelche Dinge und ruft nach ihm. Wie lange wird er das durchhalten, frage ich mich. Trotzdem ist er froh, meinen Bruder und mich im Ausland zu wissen, er glaubt nicht, dass es jemals in Kuba besser wird. Christina gibt ihm ein bisschen Auftrieb, er trägt sie herum und redet mit ihr auf Spanisch und sie lacht und freut sich.

Der Besuch bei meinen Eltern deprimiert mich. Ich frage mich, wie ich ihnen helfen kann. Ich habe mich so auf Kuba gefreut, aber die Realität des Landes holt mich ganz schnell ein.

Wir haben ein Hotel in Varadero reserviert. Dort verbringen wir den Rest des Urlaubs. In den Straßen Varaderos treffen wir immer wieder auf Menschen, die uns bitten, in den Touristenläden für sie einzukaufen. Meist haben sie nur ein paar Dollars und wir kaufen für sie Seife und Shampoo oder ganz einfach Lebensmittel. Sie tun uns leid, aber wir können ihnen nicht viel helfen. Eine alte Frau will Ursula die Hand küssen, als sie ihr ein Stück Seife schenkt. Die schlechte Situation im Land macht mich wütend. Wie kann es sein, dass sich in diesem Land alles nur verschlechtert und niemals verbessert?

Die wirtschaftliche Situation zermürbt die Leute und lässt sie Dinge tun, die sie sonst nicht machen würden. Im Hotel fehlt uns plötzlich das halbe Paket Windeln. Wir sind wütend, wir brauchen sie für Christina, in den Touristenläden gibt es überhaupt keine zu kaufen. Als wir die Putzfrau ansprechen und ihr mit Konsequenzen drohen, bricht sie in Tränen aus, sie hat die Windeln genommen. Sie gibt sie uns sofort zurück. Wir lassen ihr zwei und sie bedankt sich überschwänglich. Am Ende der Ferien lassen wir alle Sachen, die wir nicht mehr brauchen, im Hotelzimmer zurück.

Es ist frustrierend zu sehen, wie mein Land leidet. Ich sorge mich um meine Eltern. Wir haben ihnen versprochen, bald wiederzukommen, aber ich frage mich, wie. Unsere Ersparnisse sind fast aufgebraucht durch den Hausbau und die Reisen, die wir gemacht haben. Ich bin ein bisschen ärgerlich auf Ursula, für was will sie dieses Haus in Spanien haben, fernab der Stadt, mitten auf dem Land, primitiv und ohne Kultur? Wir könnten das Geld besser in Kuba brauchen. In Deutschland fällt das Geld nicht vom Himmel, ich muss dafür hart arbeiten. Die Kubaner denken, dass im Ausland alles ganz einfach ist. Ich dachte das auch, als ich noch in Kuba lebte, aber nun weiß ich es besser.

Wir fliegen zurück nach Deutschland und wir versprechen bald wiederzukommen. Ich verschweige meinen Eltern unsere finanzielle Situation. Sie haben genug Sorgen.

Zurück in Deutschland geht unser Alltag weiter. Arbeiten, essen, schlafen, Fernsehen schauen. Die Romantik ist aus unserem Leben verschwunden. Es ist Monate her, dass ich das letzte Mal etwas geschrieben habe. Ich habe einfach keine Energie mehr.

W*ir haben gar keine Zeit mehr füreinander.* Ursula arbeitet seit ein paar Wochen und ich habe das Gefühl, wir steuern auf eine Katastrophe zu. Wir sehen uns nur noch im Zustand der Erschöpfung. Wir schreien uns an und wir schlafen nicht mehr zusammen. Havanna und unsere Liebe waren vor hundert Jahren. Vor ein paar Tagen wachte unsere Tochter nachts auf und schrie. Wir waren beide so müde und keiner wollte aufstehen und dann sagte sie etwas Spöttisches zu mir, ich kann mich noch nicht einmal erinnern, was es war, und ich rastete aus und gab ihr eine Ohrfeige. Sie war fassungslos. Für einen Moment war es, als ob die Welt stehenblieb. Sie schaute mich an und ich begriff, ich hatte eine Grenze überschritten. Ich bat sie um Verzeihung, aber alles, was ich in ihren Augen sah, war Angst und Wut. Sie weinte nicht mal. Sie sagte, sie würde sich scheiden lassen, wenn ich sie noch mal schlagen würde. Es war Kälte in ihrer Stimme. Seitdem spricht sie kaum mit mir. Was habe ich nur gemacht? Ich kenne mich selber nicht mehr.

Sie war doch mein Ein und Alles, meine Liebe und mein Leben, was passiert nur mit uns?

Seit jener Nacht ist nichts mehr, wie es war. Es gibt eine Mauer zwischen uns. Manchmal schlafen wir wieder miteinander. Es ist aber nicht wie früher, so voller Liebe und Zärtlichkeit, es ist wie ein Kampf, wo jeder den anderen besiegen will. Einen kurzen Moment hört unser Kopf auf zu denken und unsere Körper reagieren. Es ist nur Sex, ohne Zärtlichkeit, gepaart mit Angst und mit Misstrauen. Für einen Moment wollen wir die Wärme des anderen spüren und nicht allein sein, für einen Moment wollen wir die Nacht vergessen.

Manchmal telefoniere ich mit meinem Bruder. Er ist auch nicht glücklich. Er hat versucht, seine Musik zu veröffentlichen, aber nichts hat geklappt. In Europa herrschen andere Regeln als in Kuba. Und er kann Ana nicht vergessen. Er liebt sie noch immer.

Ich erinnere mich an jene Zeit und spüre die Leere, die sich in mir ausbreitet. Wie eine graue Wand kommt sie näher und näher und umkreist mich, will mich einschließen, mich ummauern. Ich fühle die Kälte, die von meiner Liebsten ausgeht, ich sehe ihr Gesicht, verschlossen, feindselig, müde.

Ich mache diese stupide Arbeit am Flughafen weiter, ich schlafe schlecht und mein Herz krampft sich immer mehr zusammen. Unser Leben ist kein Miteinander mehr und wir gehen uns aus dem Weg. Meistens streiten wir uns über irgendeine Kleinigkeit. Ich gebe ihr ständig die Schuld in allem. Mein früheres Leben in Havanna wird jetzt zum Traum für mich, dort habe ich Zeit gehabt und konnte schreiben und hatte genügend Geld und genügend Frauen, die mich anhimmelten. Dort war das Paradies und sie hat Schuld, dass ich nicht mehr dort bin. Sie hat mich hierhergeholt, in dieses kalte Land mit seinen kalten Menschen.

Irgendwann kommt es zum Eklat. Ich will mir ein Rezept vom Arzt holen, ich habe Spätschicht und Ursula ist auf der Arbeit, sie hat Frühschicht. Unsere Tochter, die mittlerweile fast zwei Jahre alt ist, spielt friedlich im Wohnzimmer. Ich habe keine Lust, sie anzuziehen. Ich bin noch müde von meiner Spätschicht, es war sehr hektisch, deshalb beschließe ich, Christina für einen Moment allein zu lassen. Leider lässt sich die Haustür nicht abschließen, also stelle ich ein Gitter zwischen Wohnzimmer und Flur. Sie wird nicht herauskommen, denke ich, sie wird friedlich weiterspielen. Ich sage meiner Tochter nichts, ich gehe einfach und lasse sie allein. Beim Arzt dauert es länger und ich überlege schon, ob ich zurückgehen soll. Aber dann bleibe ich, es wird schon nichts passieren, denke ich. Als ich endlich wieder in unserer Wohnung bin, ist Christina nicht da. Ich erschrecke, was ist passiert? Im selben Moment klopft es an der Tür, die Nachbarin steht da mit ihr an der Hand. Sie erzählt, dass die Kleine weinend auf der Straße vor dem Haus stand. Es ist gefährlich dort zu stehen, die Autos biegen von der Hauptstraße ab, und nicht immer sehen sie gleich ein kleines Kind. Zum Glück kam der Sohn der Nachbarin gerade nach Hause und nahm sie mit in die Wohnung. Ich bedanke mich und bin froh, dass Christina nichts passiert ist. Ich werde Ursula nichts erzählen, sie würde sich nur aufregen. Aber ich habe vergessen, wie viel Frauen reden. Ursula trifft die Nachbarin am anderen Tag und sie erzählt ihr alles. Ursula ist wütend, nicht nur ein bisschen, sie ist unglaublich wütend. Sie sagt, sie kann mir nicht mehr vertrauen und sie will ihre Arbeit kündigen. Ich versuche, sie davon abzubringen, aber ihre Antwort ist Nein. Sie sagt, sie kann nicht zur Arbeit gehen, wenn ich nicht auf unsere Tochter aufpasse. Eigentlich hat sie recht, Christina hätte von einem Auto überfahren werden können. Trotzdem finde ich, Ursula übertreibt. »Überlege dir das gut«, versuche ich einzuwenden, aber sie bleibt hart.

Sie hat gekündigt, der 31. Dezember 1989 wird ihr letzter Arbeitstag sein. Außerdem will sie nächstes Jahr für ein paar Monate mit unserer Tochter nach Formentera, sie will Abstand von mir.

Dezember 1990, ein Jahr später, es geht mir nicht gut. Das Leben in Deutschland saugt mich aus. Ich quäle mich durch diese nervtötende Arbeit am Flughafen. Ich habe keine Energie mehr. Schon lang habe ich nichts mehr geschrieben. Im Frühjahr war Ursula mit unserer Tochter zwei Monate auf ihrer kleinen spanischen Insel im Mittelmeer. Als sie zurückkam, war wieder ein bisschen von unserer Liebe da. Es war das erste Mal seit langer Zeit, dass wir uns vermissten, dass wir die Nähe und die Wärme des anderen voller Sehnsucht wieder in Empfang nahmen. Für einen kleinen Moment dachten wir, es könnte alles von vorne anfangen, wir könnten uns lieben wie früher, wir könnten die Zeit zurückholen. Aber der Moment war klein, zu klein. Wir haben es nicht geschafft. Der Zauber ist verschwunden, endgültig.

Ein paar Monate fliegen vorbei. Wir wollen noch einmal nach Kuba fliegen. Meiner Mutter geht es sehr schlecht und mein Vater ist vollkommen ausgepumpt von der ständigen Sorge um sie. Die wirtschaftliche Situation im Land ist noch viel schlechter als vor zwei Jahren. Die Kubaner leiden, es bricht mir das Herz. Am liebsten möchte ich alle möglichen Sachen mitnehmen, aber Ursula sträubt sich, sie sagt, unser Geld ist zu knapp. Wenn sie nicht aufgehört hätte zu arbeiten, hätten wir mehr Geld.

Es ist fast zehn Jahre her, dass ich Ursula in Havanna traf. Wir sehr war ich damals in sie verliebt, wir glücklich waren wir in schmuddeligen Pensionszimmern mit Kritzeleien an den Wänden. Wir dachten, unsere Liebe würde ewig währen. Wie schnell die Zeit vergangen ist und wie sie alles verändert hat.

Wir sind wieder in Kuba. Unsere Tochter ist im letzten September drei geworden. Ihre Augen sind jetzt braun, nicht so dunkel wie meine, aber braun. Sie hat meine Nase und meinen Mund und die Form meiner Hände. Sie wird nicht die kleinen zarten Hände ihrer Mutter bekommen.

Sie ist ein intelligentes Kind, aber sie gehorcht überhaupt nicht. Wenn ich zurückdenke an meine Kindheit, wie viel Angst ich vor meinem Vater hatte. Wie ich in der Ecke knien musste und er mich mit seinem Gürtel schlug. Ich darf Christina nicht mal einen Klaps geben, Ursula hat es mir verboten.

Die Mauer zwischen Ursula und mir wächst. Sie schaut mich mit Misstrauen an, manchmal denke ich, was geschieht nur mit uns? Eigentlich wollte sie nicht nach Kuba, sie will nicht die glückliche Ehefrau spielen. Außerdem ist unser Geld knapp. Wir haben ein Hotelzimmer in Varadero gemietet und wollen von dort aus meine Eltern besuchen. Der Familie in Matanzas bin ich böse, sie haben ein Paket aus Deutschland unterschlagen, das für meine Eltern bestimmt war. Das Leben in Kuba ist schwierig geworden, seit Russland zusammengebrochen ist, viele Familien sind zerstritten wegen ein paar Kleinigkeiten.

Unser Hotelzimmer ist klein und es ist schwül, obwohl wir erst Januar haben. Als ich in der ersten Nacht aufstehe und die Klimaanlage anmache, wacht Ursula auf. »Mach sie wieder aus«, sagt sie, »ich bin erkältet.« Bevor wir abgeflogen sind, hatte sie eine starke Erkältung, es geht ihr immer noch nicht gut. Trotzdem bin ich zornig, alles soll nach ihrem Willen gehen. Wir fangen an zu streiten, ihre Stimme wird schrill. Christina schläft unruhig, bald wird sie von unserem Geschrei wach werden. Plötzlich kann ich es nicht mehr ertragen, ständig bestimmt »sie«, was gemacht werden soll und immer weiß sie alles besser. Ich kann es nicht mehr hören, schon auf der Fahrt von Havanna nach Varadero haben wir uns im Taxi gestritten. Sie wollte, dass der Fahrer das Fenster schloss, obwohl ich fast vor Hitze umkam. Jetzt im Hotelzimmer, wo mir der Schweiß über den Rücken rinnt, soll es wieder nach ihrem Kopf gehen. Ich sehe sie reden, aber ich höre ihre Worte nicht mehr, denn meine Hand ist plötzlich in ihrem Gesicht. Ich schlage sie, warum tue ich das, denke ich im selben Moment. Aber es ist zu spät, sie schaut mich fassungslos an und sie sagt: »Wenn wir wieder in Deutschland sind, lasse ich mich scheiden.« Sie schreit nicht. Ich flehe sie an, mir zu verzeihen, aber es hat keinen Zweck, sie stößt mich weg, als ich ihr zu nahe komme. Das ist das Ende, denke ich. Am nächsten Morgen ist sie so eisig, dass ich es kaum ertragen kann. Sie weigert sich zu meinen Eltern zu fahren.

Sie bleibt in Varadero und ich fahre zu meinen Eltern. In ihren Augen ist Trauer. Ich kann es kaum ertragen. Ich möchte sie so gern in den Arm nehmen, doch sie weicht zurück. Meine Tochter ist die Einzige, die mich herzt und küsst, als ich gehe.

Zu Hause bei meinen Eltern erzähle ich, dass Ursula und Christina eine Weile den Strand genießen wollen und in ein paar Tagen kommen. Meine Eltern fühlen, dass es mir nicht gut geht. Mein Vater nimmt mich beiseite und sagt, dass es immer wieder Schwierigkeiten in der Ehe gibt, aber dass man zusammenhalten muss. Mein Vater ist nicht mehr der strenge Vater meiner Kindheit, die Krankheit meiner Mutter und das Alter haben ihn geduldig werden lassen. Es tut gut, in meinem Elternhaus zu sein, die Wut, die ich in mir trage, verschwindet langsam. Die Nachbarn kommen und begrüßen mich freudig. Es ist der kubanische Alltag, der mir Kraft zurückgibt. Nach ein paar Tagen fahre ich nach Varadero. Meine Tochter begrüßt mich voller Freude, Ursulas Blick ist unsicher, aber sie lässt es geschehen, dass ich sie umarme. Dann fängt sie an zu weinen und erwidert meine Umarmung.

Den Rest von den Ferien sind wir halbwegs glücklich. Wir fahren zu meinen Eltern und mein Vater verwöhnt uns. Jeden Tag leckeres kubanisches Essen, er hat unter viel Schwierigkeiten Lebensmittel für unseren Aufenthalt organisiert und er strahlt, wenn es uns schmeckt. Er freut sich, dass Ursula und ich uns vertragen haben, und freut sich, seine kleine Enkelin im Haus zu haben. Christina liebt ihn, vertrauensvoll reicht sie ihm ihre kleine Hand und folgt ihm, egal wo er hingeht. Meine Mutter sitzt auf einem Stuhl im Wohnzimmer und ist unruhig, weil sie uns nicht sehen kann. Sie ruft nach Christina und will sie umarmen, doch unserer Tochter ist »die fremde Frau«, die so seltsame Augen hat, unheimlich. Sie weicht ihr aus.

Die Tage im Haus meiner Eltern tut uns gut. Langsam entspannen wir uns und ich denke: »Wenn es doch nur so bleiben könnte.« Die ständige Hektik in Deutschland macht mich ganz nervös und aggressiv. Hier geht alles langsamer und die Menschen haben noch Zeit füreinander. Seltsam, früher ist mir das nie aufgefallen. Die wirtschaftliche Lage ist schlimm, aber die Menschen sind menschlicher. Betty, die Malerin, sagte mir dasselbe vor vielen Jahren. Damals habe ich es nicht geglaubt. Jetzt weiß ich es besser.

Nach unserem Urlaub fehlt das Geld überall. Ursula nimmt einen Job in einem Lebensmittelladen am Frankfurter Hauptbahnhof an. Sie arbeitet vom frühen Morgen bis mittags. Christina ist dann im Kindergarten. Es ist keine anspruchsvolle Arbeit, aber die Uhrzeiten passen. Und wir können das Geld gebrauchen.

*E*in weiteres Jahr ist vergangen, Ursula macht eine Weiterbildung zur Reisekauffrau, sie will im Reisebüro arbeiten. Sie ist jetzt fröhlicher. Sie freut sich, etwas Neues anzufangen. Wie ich sie beneide. Sie hat mehr Zeit für sich selber. Christina ist bei ihren Eltern. Ich würde auch gerne was anderes machen, aber mein Deutsch ist immer noch schlecht. Ich schaffe es einfach nicht, diese harten Laute in meinen Kopf zu bekommen. Das deprimiert mich zutiefst.

Unser Leben »ohne Kind« ist wieder einfacher. Eigentlich könnte es so sein wie früher. Ich könnte anfangen zu schreiben, aber mir fehlen die Ideen in meinem Kopf. Ich fühle mich leer, ein bisschen ruhiger zwar, aber ohne Energie. Ich bin so müde, ich komme von meiner Frühschicht und schlafe danach zwei oder drei Stunden. Abends schaue ich lange Fernsehen und gehe viel zu spät ins Bett. Um fünf Uhr morgens klingelt der Wecker. Essen, schlafen, arbeiten und Fernsehgucken, das Leben ist so unglaublich monoton geworden. Ursula vermisst unsere Tochter, sie sehnt sich nach ihr. Ich finde es ziemlich normal, dass Christina bei ihren Großeltern ist, ich war auch viele Jahre im Haus meiner Großmutter.

So geht es weiter, Tag für Tag. Wenn ich an diese Zeit denke, fühle ich, wie dieses graue Etwas in mir wächst und ich in meinem Inneren einsamer werde. Ursula und ich streiten uns nicht mehr, aber wir gehen uns aus dem Weg.

Ein Jahr später ist Christina wieder bei uns zu Hause. Ursula hat einen Ganztagskindergartenplatz gefunden. Sie wollte unbedingt unsere Tochter wieder zu Hause haben. Jetzt hetzt sie morgens von Kindergarten zu Ausbildungsstätte und am Nachmittag passiert dasselbe in umgekehrter Richtung. Es dreht sich alles um unsere Tochter. Ich bin stolz auf Christina, sie ist ein sehr schlaues Kind, sie hat sich selber Lesen beigebracht. Aber Ursula übertreibt, sie denkt nur noch an Christina. Ich zähle nicht mehr.

Nächstes Jahr im Frühjahr ist Ursulas Ausbildung zu Ende, vielleicht wird sie dann eine gute Arbeit bekommen, und vielleicht kann ich bis dahin mein Deutsch verbessern und mir eine andere Arbeit suchen. Es ist noch ein bisschen Hoffnung in mir.

März 1994, oh mein Gott, was habe ich getan? Ich habe sie geschlagen, ich prügelte auf sie ein, meine Faust landete auf ihrem Kopf, ich hatte jegliche Beherrschung verloren, ich wollte nur noch schlagen, schlagen und schlagen ... wie in Trance prügelte ich sie, ich warf sie zu Boden und jeder Schlag tat mir weh, aber ich konnte nicht aufhören, ich hörte sie schreien und dann weinen und es machte mich nur noch wütender ...

Das Schlimme ist, es passierte durch eine Nichtigkeit. Wir stritten uns bei der Renovierung des Kinderzimmers. Sie machte mich mit ihrer dominanten Art unglaublich wütend, sie behandelte mich wie einen Dummkopf, der nichts zustande bringt. Ich hatte dieses Gefühl der Demütigung satt, ich konnte nicht mehr, die Wut kroch in mir hoch und ich musste ein Ventil finden, sonst würde es mich zerreißen. Also fing ich an, sie zu schlagen, ich warf sie zu Boden und meine Faust fand den Weg zu ihrem Kopf ganz einfach. Sie schrie, mein Gott, wie sie schrie, es machte mich wütend, schrie sie um ihr Leben? Ich wollte ihr doch nur eine kleine Abreibung verpassen, warum schrie sie nur so? Ich war wie von Sinnen, ich konnte nicht aufhören, ich prügelte immer weiter, bis es an der Tür klingelte. Die Nachbarin stand da mit besorgtem Gesicht, sie hatte das Schreien gehört, und wollte sehen, was passiert war. Ich tauchte auf aus dem Rausch, dem Zustand, der über mich gekommen war, ich sah »sie« auf dem Fußboden sitzen, schluchzend, zusammengekauert, rot im Gesicht, zerstört. Mein Gott, was habe ich gemacht, was ist über mich gekommen, wer bin ich nur? Gedanken rasen durch mein Hirn, ich kann es nicht begreifen. Ich falle auf die Knie, ich bitte sie inständig um Verzeihung, aber sie weicht zurück, »lass mich« ist das Einzige, was sie sagt. »Lass mich, rühr mich nicht an.« Sie geht zur Nachbarin. »Wir haben uns gestritten«, sagt sie zu ihr, mehr sagt sie nicht. Sie lässt sich in den Arm nehmen und weint hemmungslos, ich habe sie niemals so weinen gesehen, ich habe niemals jemanden so weinen gehört, so voller Verzweiflung, so voller Elend. Ich stehe da und denke, ich muss sterben, ich hätte mir die Hand abhacken lassen, um das Ganze ungeschehen zu machen, aber es ist passiert, nichts kann es wieder gut machen. Die Nachbarin bittet uns inständig, uns wieder zu vertragen. Sie schaut immer noch sehr besorgt. Dann geht sie.

Jener Tag hat alles zerstört, an jenem Tag haben wir uns verloren. Es gab keine Hoffnung mehr. Ich traute mich kaum, sie anzusehen, aber wenn es passierte und ich in ihre Augen schaute, sah ich nur Misstrauen und Angst. Vielleicht auch Hass, ich wusste es nicht. Ich wusste gar nichts mehr. Sie schlief mit Christina im Ehebett und ich schlief im Kinderzimmer. Großer Gott, ich wusste nicht, wie es weitergehen sollte.

Es wurde Herbst, den ganzen Sommer arbeitete ich wie ein Roboter am Flughafen und wenn ich nach Hause kam, war da keine Liebe und Geborgenheit mehr. Mein Essen stand zwar da, aber meist war Ursula nicht da, sie verbrachte die Nachmittage bei Freundinnen, um mich nicht zu sehen. Sie hatte Angst vor mir, das sah ich in ihren Augen, ich sah auch Hass. Wenn ich sie in den Arm nehmen und streicheln wollte, zuckte sie zurück wie vor einem Leprakranken. Ich wartete darauf, dass etwas passieren würde, dass sie zum Rechtsanwalt gehen und die Scheidung einreichen würde, aber sie tat es nicht. Sie behandelte mich nur wie einen Aussätzigen. Manchmal machte mich das wütend, ich dachte daran, wie mein Vater mich als Kind geschlagen hatte. Trotzdem war unser Leben ganz normal weitergegangen. Warum konnte sie nicht alles vergessen, warum konnten wir nicht wieder leben wie ein normales Paar? Es war ja nicht so, dass ich dauernd schlagen würde, ich hatte einfach nur die Beherrschung verloren. War das ein Wunder bei diesem Job und bei all diesen Frustrationen in diesem Land? Ich liebte sie doch noch immer.

Eines Tages, als ich von meiner verhassten Arbeit heimkomme, vollkommen ausgepumpt, frustriert und hoffnungslos, habe ich ein seltsames Geräusch in meinem Ohr. Erst nehme ich es gar nicht richtig wahr, weil draußen so viele Geräusche sind, aber als ich im Bad unter der Dusche stehe, höre ich dieses durchdringende Pfeifen deutlich in meinem Ohr. Je mehr ich mich darauf konzentriere, umso lauter wird es. Es macht mich verrückt. Ich rufe Ursula und frage, ob sie diesen schrillen Ton auch hört. Sie verneint. Ich bekomme Angst und frage sie, was das ist, doch sie weiß es auch nicht. Wir fahren in die Uniklinik Frankfurt. Man stellt einen Hörsturz fest, was ist das, ein Hörsturz? Ich bekomme Infusionen und Medikamente. Der Arzt sagt, der Ton wird leiser werden und verschwinden. Er wird aber nicht leiser, er begleitet mich jeden Tag und jede Nacht und lässt mich nicht schlafen. Ich versuche es mit Alkohol. Dann mit Valium, das der Arzt mir verschreibt, nichts hilft. Ich werde panisch, ich suche Schutz bei Ursula, die mich eigentlich verlassen will. Sie tut es nicht, sie will mir beistehen.

Fast drei Monate bin ich krankgeschrieben. Dann gehe ich wieder arbeiten, es lenkt mich ab. Das Pfeifen ist leiser geworden. Oder habe ich mich daran gewöhnt? Ich bin den ganzen Tag müde, schon am Morgen, wenn ich aufwache. Soviel Traurigkeit ist in mir. Seit zehn Jahren bin ich in Deutschland, das Leben saugt mich aus.

Ich bin in Kuba. Es ist das Frühjahr 1995. Eigentlich habe ich nicht die Absicht gehabt, länger in Kuba zu bleiben. Spätestens nach neun Tagen wollte ich die Maschine zurück nach Frankfurt nehmen, aber als ich merke, wie das Leben in mich strömt, bleibe ich. Nach der Zeit der völligen Hoffnungslosigkeit ist es für mich wie ein neues Erwachen meiner Seele. Kuba, meine Insel, nimmt mich in die Arme und ich fühle, wie die Lethargie und die Trauer, die ich seit geraumer Zeit in meinem Herzen trage, Freude und neuer Energie weichen.

Also bleibe ich. Zuerst besuche ich Freunde und Bekannte in Havanna, alle lassen mich hochleben und feiern mich. Ich bin der Held, ich komme aus dem Kapitalismus. Sie erzählen mir, wie schlecht die Lage in Kuba ist und was für ein Glück ich habe, im Ausland zu leben. Ich lasse mich feiern, was wissen sie über den Stress und die Hektik an meinem Arbeitsplatz. Was wissen sie über den grauen kalten Winter. Sie frieren schon jämmerlich bei fünfzehn Grad, so kalt kann es manchmal im kubanischen Winter werden. Sie kommen jeden Morgen zu spät zur Arbeit und können sich kaum vorstellen, um fünf Uhr morgens am Bahnhof zu stehen, die Hände in den Taschen vergraben und schlotternd vor Kälte. Sie haben nicht die geringste Ahnung und ich lasse sie in ihrem Glauben und lasse mich feiern, es tut gut. Zwei Wochen vergehen wie im Flug, ich leiste mir die teuersten Hotels und Restaurants und lade meine Freunde ein. Ich habe eine Kreditkarte und es ist ein Leichtes, immer wieder neues Geld zu bekommen. Mein Konto ist bestimmt schon leer, aber ich habe keine Lust, mir Gedanken zu machen.

Dann fahre ich zu meinen Eltern. Ich habe ein Auto gemietet. Die Nachbarn sind überwältigt, als ich das Auto vor dem Haus meiner Eltern parke. Sie kommen und bewundern mich. Ich habe billige Mitbringsel in den Touristenläden Havannas gekauft, meine Taschen sind voll. Lebensmittel, Kleidungsstücke, Schuhe, so etwas hat man hier lange Zeit nicht mehr gesehen. Ich verschenke Sachen an die Nachbarn und man dankt mir es mir zehntausendmal. Kein Mensch in Deutschland würde den Sachen Beachtung schenken. Meine Seele atmet auf. Ich habe nicht gewusst, wie sehr mir Kuba gefehlt hat.

Von allen Seiten werde ich verwöhnt, die Zeit fliegt dahin. Zwei Wochen bin ich jetzt in Sierra Morena. Ich habe Deutschland mit seinen Problemen fast vergessen. Eigentlich habe ich längst keinen Urlaub mehr, aber ich will nicht daran denken, ich bin seit langer Zeit wieder glücklich und ich will nicht zurück in das kalte, hektische, graue Deutschland.

Fast zwei Monate bleibe ich in Kuba. Langsam fange ich wieder an zu leben und zu träumen, mich zu er-innern an den, der ich einmal war. Ich träume davon, mit Ursula ein neues Leben in Kuba zu beginnen. Der Schwarzmarkt in Havanna blüht. Ich war ein gu-ter Händler und ich könnte es wieder tun. Und ich könnte endlich wieder schreiben, ich fühle, wie die Ideen in meinem Kopf wachsen. Ich träume, so schön könnte es sein ...

Ursula macht es zunichte. Sie schickt ein Telegramm zu meinen Eltern, sie macht sich Sorgen um mich. Zwei Monate hat sie nichts von mir gehört. Sie weiß nicht, was mit mir ist, sie ist panisch und sie schreibt, meine Arbeitsstelle ist nicht mehr sicher. Sie wollen mir kündigen. Sierra Morena ist klein, in Windeseile wissen alle Bescheid. Meine Eltern bitten mich, nach Deutschland zurückzukehren. Ich will nicht gehen, nicht zurück in dieses kalte Land mit seinen kalten Menschen.

Mitte Mai bin ich wieder in Deutschland. Als ich an der Tür klingele, bin ich aufgeregt. Gleich werde ich meine »beiden« wiedersehen, denke ich, ich habe Sehnsucht nach meiner Tochter und auch nach »ihr«, nach Ursula. Ich habe jetzt wieder das Bild meiner Liebsten vor Augen, die, die ich in Havanna traf und mit der ich durch die Straßen lief, eng umschlungen, verliebt und voller Zärtlichkeit. Vielleicht sehnt sie sich auch nach mir, geht es mir durch den Kopf.

Es kommt anders. Ursula Eltern sind in der Wohnung mit Christina, nur »sie« ist nicht da, sie ist arbeiten. Christina hüpft vor Freude herum und umarmt und küsst mich. Meine Schwiegereltern sind keineswegs erfreut, mich zu sehen. »Wir haben nicht mit dir gerechnet«, sagen sie, »du hast über zwei Monate nichts von dir hören lassen.« Sie schauen mich vorwurfsvoll an. Am liebsten würden sie mich gleich wieder wegschicken. »Ursula kommt gleich«, sagt ihre Mutter. Ich gehe ins Bad, um eine Dusche zu nehmen, ich bin verschwitzt und müde. Es dauert nicht lange, bis ich jemanden an der Tür höre. Mein Herz klopft. Das wird sie sein, denke ich, und alles wird gut werden. Sie liebt mich, sie kann nicht einfach aufhören, mich zu lieben. Wir werden einen neuen Anfang machen.

Doch ich denke falsch. »Ich will nicht mehr und ich kann nicht mehr«, sagt sie. »Ich habe Angst um dich gehabt. Seit Wochen schlafe ich nicht mehr, weil ich nicht weiß, ob du tot oder lebendig bist. Ich habe keine Kraft mehr, ich will einfach nur noch Ruhe und Frieden. Such dir eine andere Wohnung, es ist aus.« Ich bitte sie, mich wenigstens noch ein paar Tage bei ihr wohnen zu lassen, aber sie bleibt hart. Ich sage ihr, dass ich kein Geld mehr habe und sie sagt, sie hat auch keins mehr. »In Kuba hast du den reichen Mann gespielt«, sagt sie. Sie hat es auf den Bankauszügen gesehen. Sie macht mich wütend, das ist nicht die Liebe, von der ich geträumt habe. Das ist die Frau, die alles kontrolliert und die mich spüren lässt, dass ich ein Nichts, ein Niemand bin. Das ist die Frau, die ich geschlagen habe und die es verdient hat.

Ich nehme meine wenigen Sachen und gehe zur Tür. Ich sehe Erleichterung in ihrem Gesicht. Ihre Mutter gibt mir zweihundert Mark aus ihrer Geldbörse. »Wie einen Hund jagst du mich aus dem Haus«, rufe ich, als ich die Treppe runtergehe. Ich höre meine Tochter nach mir rufen und ich drehe mich um und winke ihr. Sie schaut mich ängstlich an, wohin geht Papa jetzt? Ich habe keine Idee wohin, ich fühle mich so verlassen wie nie zuvor in meinem Leben.

Der Anfang vom Ende. Ich schaue zurück auf diesen dunklen Moment. Ich fühle die ganze Verzweiflung und Wut, die in jenem Moment über mich kommen. Ich bin so zornig auf diese Frau, die ich einmal geliebt und für die ich alles gemacht habe. Sie hat mich nach Deutschland geholt und jetzt jagt sie mich auf die Straße. Sie wirft mich weg wie Müll, sie entledigt sich meiner wie eines alten Kleidungsstückes, sie wirft mich weg. Sie nimmt mir alles weg, alles, was ich einmal geliebt habe. Ich habe Lust, sie in der Luft zu zerreißen, ich habe Lust, sie zu töten, ich hasse sie. Ich bin obdachlos, ich habe keine Wohnung und kein Geld mehr. Und sie ist schuld, sie alleine.

Sie war nicht schuld. Natürlich war sie es nicht. Ich hatte sie allein gelassen, ich war nach Kuba gegangen und hatte dort zwei Monate in einer Traumblase gelebt. Ich hatte mich nicht darum gekümmert, wie es ihr ging, hatte nicht daran gedacht, dass sie Angst um mich haben könnte, nicht daran gedacht, dass sie sich einsam und von mir verraten fühlen könnte, dass sie keine Kraft mehr haben könnte und dass sie jemals aufhören könnte, mich zu lieben. Ich hatte sie geschlagen und gedemütigt, aber all das zählte nicht mehr, ich war wieder bei ihr und sie sollte mich lieben. Wie ein kleines Kind dachte ich, sie sollte mich wieder lieben. Es war meine eigene Person, an die ich dachte und die mir, als mein Ego wieder stärker wurde, auch diese verfluchte Eitelkeit zurückbrachte.

Sommer 1995, gracias a Dios, ich lebe noch ...
Ich habe ein Zimmer in der Theologischen Hochschule in Frankfurt. Ein guatemaltekischer Priester hat mir geholfen, es zu bekommen. Er heißt José. Ich werde ihm ewig dankbar sein. Nachdem ich aus meiner Wohnung hinausgejagt wurde, nachdem ich verzweifelt durch die Straßen irrte und der Ton in meinem Ohr sich wieder verstärkte und mich wahnsinnig machte, nachdem ich eine Nacht auf den harten Sitzen einer Halle im Flughafen zugebracht hatte, klopfte ich an das Tor der Theologischen Hochschule, ich kann nicht sagen, was mich dazu brachte. Vielleicht war es eine Eingebung, vielleicht taten mir ganz einfach auch nur die Füße vom Laufen weh, ich weiß es nicht mehr. Ich fühlte mich so leer in meinem Inneren, ich setzte mechanisch einen Fuß vor den anderen, ich fühlte mich verlassen von Gott und der Welt, so allein wie nie zuvor in meinem Leben. Zu meiner Überraschung wurde ich eingelassen, man war freundlich zu mir, man gab mir etwas zu trinken, und weil in meiner Aufregung und Ermüdung mein Deutsch noch holpriger herauskam, als es normal war, holte man den Priester. Ich war

sofort von seiner Ausstrahlung in Bann genommen, er hatte eine schlanke Gestalt, ein feines sensibles Gesicht mit klugen Augen und einen Schopf rabenschwarzer Haare. Er gab mir seine Hand, die im Vergleich zu meiner sehr schmal war, die aber, wie ich sogleich merkte, fest zupackend war. Er hörte mir zu, während ich erzählte, und er legte mir seinen Arm um die Schulter, als ich weinte. Ja, ich weinte, zuerst liefen mir nur die Tränen über die Wangen, aber dann wurde mein Körper von einem Schluchzen erfasst, das zu meinem Entsetzen nicht aufhören wollte. Ich schämte mich, ich stand vor einem Mann, der jünger als ich war, ein Hänfling, hätte ich früher gedacht, schmal, mit Händen, die nicht zupacken konnten, und ich weinte und schluchzte wie ein kleiner Junge. Schon wollte ich wieder weggehen, um der Peinlichkeit ein Ende zu setzen, da umfasste er mich und sprach mit ruhiger Stimme auf mich ein. Er sagte, ich müsse mich nicht schämen und er wolle mir helfen. Er bat mich zu bleiben und zu warten, bis er mit dem Abt des Klosters gesprochen hätte, sie hätten gewiss ein Zimmer für mich. Dann ging er und ließ mich für eine kurze Weile allein und ich hatte Zeit, mich ein wenig umzuschauen. Alles atmete Ruhe an diesem Ort. Die Stadt draußen, nur wenige Meter entfernt, mit all ihrer Hektik und ihrem Lärm schien nicht zu existieren, hier waren nur Frieden und Ruhe zu spüren. Nach einer kurzen Weile kam er zurück und sagte, er wolle mich jetzt in mein Zimmer bringen und ich sollte dort ein wenig entspannen, ehe ich zum Essen in den großen Speisesaal kommen könne. Ich nahm seine Hand und drückte sie und stammelte meinen Dank, doch er sagte, ich solle nicht ihm danken, sondern dem lieben Gott, der mich hierhergeführt hätte. Seit jenem Tag bin ich nun im Kloster und die Ruhe und der Frieden haben mir geholfen, ein wenig zu mir selbst zu finden und ein paar Kräfte zu sammeln. Ein Funke Hoffnung ist in meinem Herzen.

Ein paar Mal habe ich Ursula besucht und habe versucht, sie umzustimmen. Es ist zwecklos. Sie will nicht mehr. Sie sagt, es ist alles aus, sie war bei einer Rechtsanwältin, sie will sich scheiden lassen.

José, der Priester aus Guatemala, gibt mir ein wenig Halt. Ich fühle mich zwischen all diesen gläubigen Menschen geborgen. Die Hochschule hat einen wunderschönen Park, in dem ich oft spazieren gehe. Ich bete dort zu Gott, dass er mir helfen möge. Im Januar werde ich das Kloster verlassen müssen, die Zimmer sind eigentlich nur für Studenten der Hochschule da. José hat versprochen, mir bei der Zimmersuche in Frankfurt zu helfen. Ich werde im Januar 45 Jahre alt.

Ich habe noch einmal versucht, Ursula zurückzugewinnen. Ich flehte sie auf meinen Knien an, es noch mal zu versuchen, uns eine Chance zu geben, ich sagte, dass wir zusammengehörten und ich sie liebte und Christina ihren Vater brauche. Sie blieb hart. Sie hat die Scheidung eingereicht. Es ist zu spät für Versöhnung. Ich fürchte mich, ich bin allein in diesem kalten Land mit seinen kalten Menschen. Wie anders sind doch die Kubaner. Ich habe kein Geld, um zurückzugehen. Mein Bruder ist unglücklich im Baskenland und in seiner Beziehung. Er kann mir nicht helfen.

Ich wohne jetzt in Offenbach. In Frankfurt waren die Zimmer zu teuer. Der Priester hat mir bei der Suche geholfen. Ich fühle mich verloren. Mein Zimmer sieht chaotisch aus. Ich schaffe es nicht, aufzuräumen und ich schaffe es nicht, den Müll wegzubringen. Ich gehe auf meine verhasste Arbeit und wenn ich zurückkomme, fühle ich mich ausgepumpt und leer. Ich habe seit langer Zeit kein einziges Wort mehr zu Papier gebracht. Die Arbeit tötet mich. Draußen ist es grau, die Sonne scheint verschwunden zu sein und die Menschen sitzen sich mit grauen Gesichtern in der S-Bahn gegenüber. Kein Mensch lacht hier. Wenn ich jetzt an Kuba denke, erscheint es mir wie ein Paradies, ein schöner Traum.

Meine Mutter ist gestorben. Wie sehr ich sie als Kind vermisst habe und wie sehr ich sie geliebt habe. Sie war vollkommen blind zum Schluss und sie verlor ihren Optimismus und ihre Kraft. Mein Vater musste ihr überall helfen. Ich mache mir Sorgen um ihn, sein Blutdruck ist viel zu hoch und er hat Probleme mit seinem Herzen. Ich werde mit meinem Bruder zur Beerdigung fliegen. Von der Familie in Matanzas sind in den letzten Jahren fast alle gestorben, zuerst Avilia vor vier Jahren und dann folgten Gilberto und

Lucia, nur Alicia, die Kämpferin und Kommunistin, lebt noch. Wie nahe sie mir alle als Kind waren und wie stark sie mir erschienen. Aber einer nach dem anderen wird alt und stirbt, so ist das Leben. Auch ich fühle mich alt.

Mein Bruder und ich haben unsere Mutter begraben. Es war so traurig, wir dachten an unsere Kindheit und wie liebevoll sie war. Jetzt liegt sie auf dem Friedhof von Sierra Morena und ich werde nie mehr mit ihr sprechen können und sie nie mehr umarmen können. Und ich bin hier in diesem kalten verfluchten Land und weiß nicht, was ich hier noch soll.

Das Leben ist leer geworden. Wenn ich von der Arbeit zurück in meine Wohnung komme, erwartet mich niemand. Meistens setze ich mich vor den Fernseher und schaue mir stundenlang irgendwelche Talkshows und Magazine an. Ich habe versucht, eine Geschichte zu schreiben, doch es klappt nicht. Ich kann mich nicht mehr konzentrieren, meine Gedanken springen wie Affen in meinem Kopf herum und der Ton in meinem Ohr verstärkt sich, je mehr ich versuche, mich zu konzentrieren. Meine Wohnung ist ein Chaos. Vor ein paar Wochen wollte mich Ursula mit Christina besuchen, sie wollten unbedingt meine neue Wohnung sehen, aber als sie schließlich da waren, sah ich die entsetzten Blicke von Ursula. Es machte mich wütend, ich hatte sie nicht in die Wohnung eingeladen, ich wollte in ein Restaurant oder Café gehen.

Das Leben läuft an mir vorbei. Es gibt nichts mehr zu berichten. Ich bin ein einsamer Mann. Wenn ich frei habe, gehe ich in die Stadt und kaufe mir neue Sachen zum Anziehen. Manchmal hole ich meine Tochter ab und bummel mit ihr durch Frankfurt, aber sie ist nicht mehr das kleine süße Kind, das vertrauensvoll seine Ärmchen um mich schlingt. Sie wird langsam groß und entwickelt einen scharfen Verstand. Sie ist sehr kritisch mir gegenüber.

März 1997, wir sind jetzt geschieden ... Wir sind vor dem Gesetz nicht mehr Mann und Frau. Ich habe das Recht, meine Tochter alle vierzehn Tage zu mir zu holen. Christina wird im September zehn. Sie ist sehr schlau, aber schlecht erzogen. Sie hört oft gar nicht, wenn ich ihr etwas sage. Es ist das Resultat der Erziehung ihrer Mutter.

Ursula hat das Haus in den andalusischen Bergen, das niemals von uns fertig gebaut wurde, verkauft. An einen Deutschen, der aus Berlin kommt, sie hat nicht viel Geld dafür bekommen. Einen Teil davon gab sie mir.

Sommer 1997, mein Vater ist gestorben. Als Kind habe ich ihn gefürchtet. Zum Schluss hat er gut für meine Mutter gesorgt und er hat seine Enkelin geliebt. Ich fühle mich verwaist ohne meine Eltern.

Die Zeit läuft schneller, wie mir scheint. Vielleicht ist es die Monotonie dieses Lebens, das ich führe, vielleicht die fehlende Liebe, vielleicht auch die Einsamkeit und die Leere in meinem Kopf, alles erscheint so sinnlos, die Tage und Monate sind wie eine graue, zähe Masse, die mich umhüllt und mir keine Luft mehr zum Atmen gibt.

Ich fliege zur Beerdigung meines Vaters. Ich gehe ein letztes Mal durch unser Haus in Sierra Morena. Auch das Haus ist alt geworden. Das Holz wird langsam bröckelig, die Termiten nagen am Haus und zerstören es Stück für Stück, und die Farbe, mit dem es mal angestrichen war, ist längst abgeblättert. So ist es wohl, alles hat seine Zeit. Meine Eltern sind tot und Tante Alicia ist voriges Jahr gestorben. Die Kämpferin für den Kommunismus ist gegangen, bis zuletzt hat sie an die Revolution geglaubt. Mein Vater glaubte nie daran. Meine Kusine Amarilis ist älter geworden. Sie ist nicht mehr das junge hübsche Mädchen, das sie mal war. Ihre Tochter Amarilitis ist schon fünfzehn. Auch das Haus in Matanzas hat schon bessere Jahre gesehen. Wie war es doch voller Leben, als meine Großmutter und meine Tanten und Onkel Gilberto noch da waren. Wie elegant damals die Frauen aussahen und wie gut sie dufteten. Ich denke an Tante Lucia und die Parfümwolke, die sie immer umhüllte. Und ich sehe Tante Avilia vor mir, wie sie mit geschlossenen Augen dasitzt und ihre Finger über die Tasten des Klaviers gleiten. Wie lang ist das alles her und wie alt bin ich nun schon geworden.

Nächstes Jahr werde ich fünfzig. Ich bin unglücklich und einsam, genauso wie mein Bruder Alexis, wir haben beide nichts aus unserem Leben gemacht. Was ist nur aus unseren Träumen geworden?

Herbst 2000
Ein kurzer Lichtblick in meinem Leben. Betty, die Malerin, in die ich vor vielen Jahren verliebt war, hat mich besucht. Sie war auf einer Reise nach Afrika und machte einen Stopp in Frankfurt. Für einen kurzen Moment fühlte ich mich in meine frühen Jahre in Havanna versetzt, alles war so sorglos und schön und sie gab mir so viel Energie und Kraft. Wir gingen in teure Restaurants und verbrachten die Nächte in ihrem luxuriösen Hotelzimmer in Frankfurt. Ihre Bilder verkaufen sich sehr gut, sie ist eine erfolgreiche Malerin. Wie schade, dass sie wieder geheiratet hat, denke ich, ich könnte mit ihr nach Amerika gehen. Aber das geht nicht, sie lebt mit ihrem zweiten Mann in Oregon in einem großen Haus.

Manchmal träume ich nachts, ich wäre wieder in Havanna. Ich gehe im Traum durch die Altstadt, wo die Türen offen stehen und ich die Menschen sehen kann. Ein Paar liebt sich auf einem alten zerfledderten Bett und ich gehe näher an sie heran, um sie anzuschauen, und dann sehe ich mich selbst, zusammen mit Ursula. Wir sind ganz jung und wir lachen und schmiegen uns eng aneinander. Doch plötzlich fängt es an zu regnen und zu stürmen, es regnet durch die Decke hindurch, immer heftiger wird der Regen und der Sturm wächst zum Orkan heran und alles wirbelt durch die Luft und ich schreie im Traum, ich schreie laut und verzweifelt und dann löst sich das Bild vor meinen Augen auf und ich bin plötzlich in einem dunklen Raum gefangen, wo ich nicht mal die Hand vor Augen sehen kann. Ich rufe nach Ursula, aber sie ist nicht da und ich habe Angst, sie ist tot, begraben unter den Trümmern des Hauses und dann rufe ich immer lauter, bis ich vor lauter Angst aufwache, und dann bemerke ich, dass ich allein in meiner Wohnung bin. Mein Herz klopft rasend schnell, ich bin schweißgebadet und ein wilder Schmerz durchzuckt mich, weil sie nicht an meiner Seite ist. Sie ist nicht mehr da, denke ich, und ich habe das Gefühl, der Schmerz darüber wird nie aufhören.

November 2001
Ursulas Vater ist gestorben. Er war ein stiller Mann, den ich mochte. Ich trauere mit Ursula und Christina, die beide weinen, die eine um den Vater und die andere um den Großvater. Alle sterben wir, alle gehen wir und kommen nicht wieder.

Zeit fliegt, sie ist die Siegerin. Und wir können nichts dagegen tun, wir werden alt und sterben.

Ein Jahr später
Ich fliege zu meinem Bruder nach Spanien, aber die Stimmung dort ist schlecht. Es gibt Streit zwischen

Alexis und seiner Frau. Er ist unglücklich im Basken-land, die Menschen sind ihm fremd geblieben. Sein Sohn ist zum Jugendlichen herangewachsen und steht seinem Vater feindselig gegenüber. Er kann mit seinen kubanischen Wurzeln nichts anfangen.

Mein Bruder ist ein anderer Mensch geworden. Er ist misstrauisch geworden, selbst mir vertraut er nicht mehr. Er hat niemals Erfolg mit seiner Musik gehabt, und er hat aufgehört zu singen. Er komponiert nicht mehr, schon lange nicht mehr, sagt er. Und eine ganz normale Arbeit will er nicht annehmen. Er lebt vom Geld seiner Frau.

Ich denke oft an Kuba und an die Straßen Havannas. Ich träume von meiner Stadt, in der ich abends mit Freunden saß, und ich denke an die Frauen, die ich geliebt habe. Das alles ist in einem anderen Leben passiert.

Hier ist es Winter. Schmutzige Schneereste liegen auf den Straßen und den Bürgersteigen. Der Himmel ist von einem düsteren Grau überzogen und die Menschen hasten mit hochgezogenen Schultern durch die Stadt. Es ist so dunkel, obwohl es erst vier Uhr nachmittags ist. Ich komme von der Frühschicht und möchte so schnell wie möglich nach Hause in meine Wohnung, ich bin so müde, ich werde mich ins Bett legen und die Heizung so weit aufdrehen, wie es geht.

Als ich vor fast zwanzig Jahren nach Deutschland kam, war auch Winter, aber es war wohl ein anderer Winter. Die Straßen waren verschneit und der Schnee hing wie weißer Zuckerguss über den Bäumen und den Dächern der Häuser. Selbst die Autos sahen schön aus mit ihrer weißen Hülle. Ich ging mit Ursula Hand in Hand durch den Schnee, er knirschte unter unseren Füßen und ich spürte die Wärme ihrer Hände durch die dicken Handschuhe, die sie trug. Wenn wir genug hatten vom Schnee und der Kälte, gingen wir in unsere Wohnung und kuschelten uns in dem breiten Bett aneinander und liebten uns und vergaßen die Welt. So war es damals, es wird niemals mehr so werden.

Ich werde so mutlos, es geht nichts mehr. Die Jahre sind einsam. Das »Graue« in mir wächst. Es gibt nicht viel zu berichten. Ein paar Mal gehe ich mit Frauen weg, um mich zu betäuben. Es hilft nicht viel. Das Glück hat mich verlassen. Ich sehe mich, wie ich durch die Großstadt laufe, müde, ohne Hoffnung, mein Kopf und mein Herz sind leer.

Ich schleppe mich von Tag zu Tag, von Monat zu Monat und von Jahr zu Jahr. Meine Wohnung wird immer mehr zur Müllhalde. Ich glaube, es gibt ein Wort für Leute wie mich. Ich bin ein Messie. Ich schaffe es einfach nicht mehr. Ich komme kaum noch in die Wohnung hinein, auf dem Boden liegen Kleider und Papiere, Abfallkartons und Zeitungen und in der

Küche Essensreste, leere Dosen und verschimmeltes Brot. Ich schäme mich, schon lange hat mich keiner mehr besucht. Wenn ich mich manchmal mit Christina treffe, lade ich sie ins Hotel ein, ich bekomme Rabatt, weil ich für die Lufthansa arbeite. Meine Kleidung halte ich sauber, niemand soll wissen, wie es bei mir zu Hause aussieht. Die Arbeit am Flughafen fällt mir immer schwerer. Mein Rücken und meine Knie schmerzen.

Ich bin jetzt achtundfünfzig. Ursula wohnt jetzt in Frankfurt und wir treffen uns manchmal, um einen Kaffee zusammen zu trinken. Wir sind sehr ruhig und höflich zueinander. Sie wohnt mit ihrem Freund zusammen, aber sie spricht nicht viel darüber und ich glaube, sie ist nicht sehr glücklich. Trotzdem, sie ist nicht allein, so wie ich.

D*er Anfang von meinem Ende beginnt im Juni des Jahres 2009.* Eines Nachts wache ich voller Panik auf. Mein Herz rast und mir ist schwindelig, das ganze Zimmer dreht sich und ich habe Todesangst. Ich schaffe es, eine Notrufnummer anzurufen, und der Krankenwagen kommt und bringt mich in die Notaufnahme. Die Ärzte untersuchen mich, sie sagen, mein Blutdruck ist zu hoch und ich sei erschöpft. Sie behalten mich zur Beobachtung im Krankenhaus. Sie sagen, ich hätte eine Depression. Sie geben mir Medikamente. Das ist gut, von den Medikamenten schlafe ich wie ein Stein und die Angst weicht.

Ursula kommt und sitzt lange an meinem Bett. Sie sieht besorgt aus, sie liebt mich noch, das sehe ich. Sie sagt, es würde alles wieder gut werden und ich solle mir keine Sorgen machen, sie würde immer für mich da sein. Ich glaube ihr. Es tut gut, Zuwendung zu bekommen.

Die Ärzte sagen, ich solle eine stationäre Kur machen. Ich bleibe im gleichen Krankenhaus, ich habe ein nettes Zimmer und bekomme gutes Essen, ich muss nicht hetzen und in keine vermüllte Wohnung zurück. Ich lerne alle möglichen Leute kennen, die auch eine Depression haben, viele junge deutsche Frauen sind darunter, von denen ich das niemals gedacht hätte. Hübsche junge Frauen, die glücklich sein müssten und die doch schon erschöpft sind, viele haben einen »Burnout«, wie man hier sagt, viele sind vom Leben schon gebeutelt. Was passiert nur in diesem Land, dass so viele Menschen so unglücklich sind, frage ich mich. Ein Land, in dem man alles kaufen kann und jedermann genügend Essen hat und so viele Kleider im Schrank, dass sie nicht mehr hineinpassen.

Es gefällt mir hier, Ursula kommt mich sehr oft besuchen und auch Christina kommt und nimmt mich in den Arm und sagt, dass sie mich sehr lieb hat. Ich habe Gespräche mit einer jungen Psychologin und mache Entspannungsübungen und male oder ich sitze mit anderen Patienten in einer Gruppe und wir sprechen über unsere Probleme. Es könnte ewig so weitergehen, zwei Monate lebe ich hier wie in einem Kokon, abgeschirmt von der Außenwelt.

Die Realität holt mich ein. Man entlässt mich nach zwei Monaten, ich soll weiterhin meine Medikamente gegen die Depression nehmen und zu einer Therapie in ein anderes Krankenhaus fahren. Das Schlimme ist, ich muss zurück in meine Müllwohnung, ich fühle mich so allein dort, ich habe Angst vor einer neuen Panikattacke. Ich bin noch krankgeschrieben, aber das Geld, das ich bekomme, ist weniger, weil ich schon so lange krank bin. Was wird passieren, wenn ich wieder arbeiten muss? Die Medikamente machen mich schläfrig, sie betäuben mich, es ist mir unmöglich geworden, morgens um vier aufzustehen, aber ohne sie werde ich nicht mehr schlafen können. Ich mache mir so schrecklich viel Sorgen.

Es ist Oktober geworden. Oktober 2009, seit vierundzwanzig Jahren bin ich in Deutschland. Es wird Zeit, dieses Leben zu verlassen, geht es mir ständig durch den Kopf. Seit einer Woche arbeite ich wieder und es ist so, wie ich gedacht habe. Die Medikamente lassen mich schlafen, aber ich werde morgens nicht wach. Man gibt mir Spätschichten, doch auch die schaffe ich nicht. Was ist, wenn die Lufthansa mir kündigt? Ich spreche mit Ursula darüber und sie versucht mich zu beruhigen. Sie sagt, man kann mir nicht einfach kündigen. Ich versuche ihr zu glauben.

Ursulas Mutter stirbt. Bei einer Operation, sie hat eine Lungenembolie. Ursula ist so verstört, so traurig. Sie weint die ganze Zeit. Wir fahren mit Christina zum Beerdigungsinstitut, wo ihre Mutter aufgebahrt ist. Es regnet und ich halte meinen Schirm über die Frau, die ich in Havanna traf und die ich so sehr geliebt habe und die ich immer noch liebe. Ursulas Mutter liegt da, still und ruhig, das Gesicht wächsern. Es ist kein Leben mehr in ihr. Sie hat es geschafft, denke ich, fast beneide ich sie. Sie braucht sich keine Sorgen mehr zu machen. Es ist vorbei. Wann werde ich es schaffen? Ich habe all meine Medikamente abgesetzt. Sie machen mich zur Marionette.

Graue Tage im grauen November in Deutschland. Es war ein sonniger Novembertag in Havanna, als ich Ursula traf. Wir waren glücklich. Jetzt ist mein Leben unerträglich geworden. Keine Hoffnung mehr. Ich schlafe nicht mehr. Die Angst breitet sich in mir aus wie eine graue Masse. Mein Körper ist so schwer geworden, wie ein Klotz hängt er an mir. Manchmal schlafe ich für eine kurze Weile, aber irgendetwas hetzt mich im Traum und ich habe solche Angst und wache auf, weil mein Herz rast. Ich kann nicht mehr.

Ich werde gehen. Es ist das Einzige, was mir bleibt.

Am letzten Sonntag habe ich Ursula am Bahnhof in Frankfurt getroffen. Ich habe sie um Verzeihung gebeten. Ich will in Frieden gehen.

Es ist Ende November geworden. Heute war ich am Hauptbahnhof in Frankfurt. Ich ging in die Bahnhofsmission. Eine philippinische Nonne war da. Ich sagte ihr, dass ich nicht mehr leben wolle. Ich musste es jemandem sagen, ich war so allein. Ich habe Angst. Ich will gehen, aber ich habe Angst. Sie sagte, ich solle es nicht tun. Sie sagte, der liebe Gott würde mir helfen. Sie sagte, es gäbe für alles eine Lösung. Sie ließ sich die Telefonnummer von Ursula geben und wollte gleich anrufen, aber ich sagte, sie solle das nicht tun.

Später, als ich gegangen war, rief sie Ursula an. Ich weiß das, weil Ursula mich abends anrief. Ihre Stimme war aufgeregt, Panik darin. Tu es nicht, sagte sie, das kannst du nicht tun. Denk an deine Tochter, denk an Christina. Sie liebt dich und ich werde immer für dich da sein und dir helfen. Alles wird gut werden.

Ich habe ihr nicht geglaubt. Ich weiß, mein Leben ist vorbei. Ich habe ihr gesagt, sie solle sich keine Sorgen machen, ich hätte nur eine kurze Schwäche gehabt. Sie beruhigte sich und legte den Hörer auf. Adios, mi amor, denke ich, vielleicht sehen wir uns in einer anderen Welt.

Am nächsten Morgen wache ich auf und weiß, heute ist der Tag. Es ist der 21. November 2009. Es ist ein düsterer, grauer Tag, ich muss nur hinausgehen und einen geeigneten Platz finden. Ich taste mich durch meine Wohnung, ich ziehe meine Hose und meinen Pullover an, es ist kalt draußen. Für einen Moment steht mir Havanna vor meinen Augen und ich sehe mich am Malecón entlanglaufen. Das ist vorbei, denke ich, das kommt nie wieder. Ich schaue aus dem Fenster und sehe die Menschen, die vorbeihasten. Ihre Gesichter sind ohne Freude. Ich denke an Ursula und an meine Tochter, ich würde sie gerne noch mal in die Arme schließen. Werden sie weinen, wenn ich nicht mehr da bin? Ich packe Sachen in meinen Rucksack. Ich werde dahin gehen, wo die Gärten und die Golfplätze sind. Dort gibt es hohe Masten. Ich habe einen Strick eingepackt. Alles wird schnell gehen. Ich werde es erst gegen Abend tun, wenn keine Leute mehr in den Gärten sind. Am Tag kommen manchmal Jogger vorbei.

Ich nehme meinen Rucksack und gehe zur Tür. Ich werde ein letztes Mal durch Frankfurt schlendern. Vielleicht gehe ich zu McDonald's und esse einen Hamburger. Die Gärten liegen in Niederrad, dort kann ich mit der S-Bahn oder der Straßenbahn hinfahren. Neben den Gärten liegt die Bürostadt, die ist abends leer, ohne Menschen. Lebt wohl.

Über die Autorin

Ich wurde im Jahr 1956 in Essen geboren. Ab dem 10. Lebensjahr war ich in einer Kleinstadt, nahe Frankfurt zu Hause. Mein Vater war Arbeiter, er liebte das Reisen aber weil das Geld immer knapp war, reiste er meistens mit dem Finger auf der Landkarte. Er weckte in mir den Wunsch, ferne Länder zu sehen. Mit neunzehn reiste ich in das noch „Franco regierte Spanien" und lernte dort einige Studenten kennen, die allesamt Kommunisten und Gegner Francos waren. Sie schwärmten von Kuba, dort war das Paradies, dort regierte die Gerechtigkeit. Also fuhr ich einige Jahre später „ins Paradies", das sich allerdings als „Paradies mit Wehrmutstropfen" entpuppte. Im November 1982 traf ich Francisco in Havanna und wir verliebten uns ineinander. Er kam zwei Jahre später nach Deutschland. Im Jahr 1987 wurde unsere Tochter Christina geboren und wir waren überglücklich. Doch ein paar Jahre später fiel er in einer Depression, die schlimmer und schlimmer wurde. Ich trennte mich von ihm als unsere Tochter 8 Jahre alt war. Bis zu seinem Tod hatten wir mehr oder weniger immer Kontakt, wir trafen uns oder telefonierten. Ich lebe jetzt mit einem Holländer zusammen in Portugal in der Nähe von Coimbra in unserem Haus.